ELLERY QUEEN

What's in the Dark?

エラリー・クイーン外典コレクション

2

エラリー・クイーン

白須清美［訳］

飯城勇三［解説］

摩天楼のクローズドサークル

原書房

摩天楼のクローズドサークル

What's in the Dark? by Ellery Queen, 1968

目次

主要登場人物

カールトン・バーンズ……〈バーンズ会計事務所〉所長
シビル・グレイヴス……〈同〉秘書
ブライアン・フランク……〈同〉会計士
ギル・ストーナー……〈同〉会計士
エヴェレット・グリズウォルド……〈グリズウォルド宝石〉社長
ハワード・クラフト……〈同〉店員
ラヴァーン・トーマス……〈同〉秘書兼簿記係
ミルトン・J・J・アダムズ……〈アダムズ広告代理店〉社長
エヴァ・ベンソン……〈同〉受付
ワンダ・ヒッチー……〈同〉文書係
サリー・ピーターソン……〈同〉美術スタッフ
トニー・ターンボルト……〈同〉コピーライター
ジェフリー・リング……〈同〉コピーライター
ティム・コリガン……ニューヨーク市警警部
チャック・ベア……私立探偵

1

十一月九日火曜日――午後四時半

若いミス・グレイヴスは、やることなすことが人目を惹いた――少なくとも男性の目を。例えば、最後の数字の列をタイプし、四枚重ねの用紙をタイプライターから引き抜いてカーボン紙を外すしぐさは、バーンズ会計事務所の男性会計士が口を揃えて芸術的と評していた――詩的な動きだと。応接室のデスクの後ろの開いたドアから殺風景で細長い会計士のオフィスに入り、ふたつの作業テーブルのひとつに書類を置く身のこなしは、実に伸び伸びとしていて、ふたりの会計士からそれにふさわしい賞賛を集めていた。

ブライアン・フランクは公正無私な証人だった。彼はたまたま独身だったが、そのことは何の関係もない。もうひとりの会計士ギル・ストーナーは妻帯者だが、ミス・グレイヴスに対する賞賛については、彼とフランクとは程度の差というだけのことだった。ストーナーのほうが控えめだった。

男性ふたりは別々のテーブルで仕事をしていた。椅子は背中合わせだ。シビル・グレイヴスが入ってくると、一斉に椅子が回った。彼女がふたつのテーブルの間に立つと、どちらからも彼女に手が届いた。だが、どちらも手を伸ばさなかった。ミス・グレイヴスは、勤務したての頃に、手を触れてほしくないことをはっきり伝えていた。

「四時半よ、ブライアン」ミス・グレイヴスはいった。冷静ではっきりとした声は、かすれていた。それは月光にふさわしい声に思えた。また、目はアイルランド人らしい青、鼻もアイルランド人らしく上を向いていて、胸は国籍にとらわれない豊かさを誇っていた。その胸筋が、何よりミスター・フランクを惹きつけていた。彼はその胸を棚卸資産に登録するという、いつもの癖にふけっていた。記憶にとどめてもとどめきれないかのように。別のテーブルにいるミスター・ストーナーは、どちらかというと視線を避けていたが、好んでそうしている印象はなかった。バーンズ会計事務所で働き出して間もなく、ミス・グレイヴスは二十八年の人生で初めて自分の胸を意識するようになった。それもこれも、フランク会計士の視線のせいだ。

そこには思わせぶりなところは何もなかった。いってみれば、あまりにも率直《フランク》すぎて、色目と受け取れないのだ。その視線は、すべてを可視化するレントゲンのようなものだった。ミスター・フランクはさながら性の科学者で、たゆまぬ研究にいそしみ、さまざまな標本に対して同じ実験を何度となく繰り返しているかに見えた。シビルはバーンズ会計事務所に勤めてから、すでに二十一階の噂を耳にしていた。二十一階には三つの会社があり、フランクはほかの二社から女たらしの評判を取っていた。シビルの前任の秘書が辞めたのは彼のせいで、どうやら傷心を癒すためのようだ。通路を挟んだ向かいにあるアダムズ広告代理店では、少なくともふたりが彼の餌食になったといわれているし、つい昨日も、フランクが平日に一日八時間背中を合わせている男の妻と関係を持ったというので、ひと悶着あったのだ。

「あと二ページで終わりだ、シビル」ブライアン・フランクがいった。年は三十五歳、鍛え上げた体に北欧系の顔立ち、波打つ金髪の持ち主で、緑の瞳はうねる海のように長い視線を送った。ついていけないわ、とシビルは思った。それはいいことでもあったが。「今日のうちに終わらせたいわね」

ギル・ストーナーがしぶしぶといった様子で椅子をきしらせ、壁の時計を見た。「おっと、四時半だ。もう帰るよ」彼は立ち上がり、重い足取りで壁のロッカーへ向かうと、トップコートとチロリアンハットを出した。四十がらみで、頭ははげかかり、ウェストにも肉がつきかけていて、どちらかといえば品のない顔立ちだった。シビルはストーナーの妻とブライアン・フランクの情事を考え、気の毒に思った。

フランクは罫線入りの用紙に書いたものを最後にもう一度確認し、シビルに手渡した。「これをタイプし終える頃には、最後の一枚を渡すよ。三分の一ページほどだ。構わないかい？」

「仕事だもの」シビルはいった。フランクは興味を惹かれたように彼女を見てほほえみ、またしても胸のレントゲン写真を撮った。

ストーナーはコートと帽子を身に着け、シビルのそばを通って、応接室に通じるドアへ向かった。「じゃあまた、シビル」

「また明日」

ストーナーはフランクには目もくれず、挨拶も、会釈すらしなかった。それほどまでに嫌っていながら、どうして同じ部屋で仕事をしていられるのだろう？　シビルは不思議に思った。もちろん、ふたりが仲違いしてからまだ一日しか経っていない。そのうち嵐も収まるだろう。シビルはそうなってほしいと心から願った。明るい性格の彼女にとって、敵意に満ちた雰囲気の中で働かなければならないのは気が滅入ることだった。

彼女は寝取られ男のあとについて応接室まで行き、注意深くドアを閉めた。タイプライターや電話の音は会計士の気を散らすし、初日にミスター・バーンズから、ドアをきちんと閉めないのは秘書の大罪だと告げられていた。

ギル・ストーナーは何もいわずに出ていった。シビルは三枚の薄紙と一枚のボンド紙の間にカーボン紙を挟み、その束をタイプライターに差し込んだ。

午後四時四十分

シビルがちょうどタイプを打ち終えたところで、ブライアン・フランクが別室から出てきて、罫線入りの用紙を手渡した。

「張り切ってくれよ、かわい子ちゃん」彼はいった。「グリズウォルド宝石の電話は何番だったかな?」

シビルはデスクに貼りつけた表に人差し指を滑らせ、ダイヤルを回して受話器を彼に渡した。報告書の最終ページに取りかかりながら、シビルは彼がこれほど近くにいなければいいのにと思った。

だが、フランクはきわめて事務的だった。「ハウィーか?　ちょうど年次監査報告書が仕上がるところだ。今、シビル・グレイヴスが最終ページをタイプしてくれている。ミスター・グリズウォルドはまだいるかい?　じゃあ、明日の朝一番に彼が見られるよう、取りにきたらどうだ?あと三十分は店を閉めないんだろう?　オーケー、待ってる」

彼は電話を切った。「ハウィー・クラフトが報告書を取りにくる。だから、打ち終えたら表紙をつけて、それぞれにラベルを貼ってくれるかな?　いやはや、何たる胸だ!」

「何ですって?」

「きみは『プレイボーイ』に出るべきだ」フランクはにやりとしていった。

「やめてちょうだい」シビルはいった。「でないと、中断してお風呂に入らなくちゃならないわ」

「それは見物だろうな―」

「それを聞いても驚かないわ。あなたは覗き見専門でしょうから」

「こいつは手厳しい」彼はそういって、またにやりとした。ファイル棚の上の鏡に向かい、自分の金髪に見とれる。

グリズウォルド宝石は、二十一階のバーンズ会計事務所とエレベーターを挟んで並んでいた。シビルが最後のラベルを打ち終えたとき、ハウィー・クラフトがこそこそと入ってきた。

クラフト青年はいつもこそこそしていた。言葉の攻撃をかわそうとするような、どこか不安げな顔に、油断のない目をしている。彼はエヴェレット・グリズウォルドの甥で、ゆくゆくはグリズウォルド宝石を継ぐという事実が、彼の頭上にダモクレスの剣よろしくぶら下がっていた。おじがそうさせているのだ。人一倍働き、給料は安く、おじの機嫌が悪くなるたびに決まってその犠牲となった。三十歳になっても、ハワード・クラフトは独身だった。運命を握るおじの眼鏡にかなう女性はまだ現れていなかった。エヴェレット・グリズウォルドにいわせれば、甥に興味を持つ女性はことごとく、本当は店のショーケースの中身が狙いだった。いうまでもなくグリズウォルド老人は愛されておらず、地上の王国にふさわしいその甥も同じだった。とはいえ彼のほうは、軽蔑交じりの同情を大いに集めてはいたが。

ブライアン・フランクはきれいに爪を整えた手を上げ、西洋の英雄が先住民に敬礼するように、てのひらを外にした。「ハウ、ハウィー」彼のユーモア感覚特有の、わかりにくい機知をきかせる。「グリズウォルド大酋長の勇者が、監査を取りにきたか？　チックチック姫が今、大急ぎで用意してくれているところだ」

「もういいよ、ブライアン」ハウィー・クラフトはくすくす笑った。たいていの状況は、笑っておけば何とかなると知っているのだ。特にバーンズ会計事務所の男らしい会計士の前では。「ゆっくりやってくれ、ミス・グレイヴス」

シビルは彼に笑顔を向け、ラベルと最後のひと束を会計士の部屋へ運ぶと、紙を分けてテーブルの上の四つの山に一枚ずつ置いた。それから青い表紙をホチキスで留め、表紙にラベルを貼った。ふたりの男は彼女に続いて部屋に入ってきた。ブライアン・フランクは彼女のブラウスに包まれた丸みを、ハワード・クラフトは小さなアイルランド系の顔を見ていた。

「できたわ」シビルがいった。「ほかに何か、ブライアン?」

彼はシビルを上から下まで眺めた。「たっぷりあるさ。ぼくがきみを売り込んでもよければ」

「わたしは売り物じゃないわ、ミスター・フランク」シビルはそういうと、部屋を出てしっかりとドアを閉めた。

どちらにしても、あなたのものではないわと、彼女は思った。

午後四時五十五分

彼らは五時五分前に会計士の部屋を出た。どうやらフランクは、宝石商の甥にさまざまな項目を説明しなくてはならなかったようだ。ハウィー・クラフトは報告書の写しを三部持っていた。

ドアのところで、フランクはクラフトの尻を親しげにつつき、それから指を鳴らした。

「ここにいるうちに、ハウィー、帳簿を持って帰ったらどうだ?」

クラフトは顔を真っ赤にした。「ショールームを無人にしてきたんだ。エヴェレットおじさんにどやされてしまうよ。帳簿は明日の朝、取りにくる」

彼は急いで出ていった。フランクはシビルにウィンクし、自分とギル・ストーナーが使っているオフィスに戻った。そしてドアを閉めた。

シビルはぼんやりと、どういうことだろうと思った。こんな時間から新しい仕事を始めるわけがないし、帽子とトップコートを着けるだけなのに、ドアを閉める理由もない。おかしな人。シビルはそう思ったあとで、すぐにその形容詞を取り消した。ブライアン・フランクに、おかしなところはひとつもない。

それから、彼のことはすっかり忘れた。あとは所長のカールトン・バーンズが所長室を出てきて、帰っていいというのを待つだけだ。

彼女はちょっとした超能力で何とかならないだろうかと思った。そこで、とび色の魅力的な眉を寄せ、ひたすら念じた。

午後五時

バーンズ会計事務所の所長であり、唯一の経営者は、五時きっかりに所長室を出てきた。帰り支度をしている。彼はシビルに手紙を渡した。彼女が午後にタイプしたもので、ようやく署名を終えたらしい。

「今夜の便で送りたいんだ、ミス・グレイヴス。五時半の回収に間に合うよう投函してくれ」

「はい、ミスター・バーンズ」

バーンズはドアに行きかけて足を止め、振り返った。

「何でしょう、ミスター・バーンズ？」

「たぶんまだ――忙しさにかまけて――いっていなかったと思うが、ミス・グレイヴス、きみがいてくれてどんなに喜んでいるか――つまり、きみの仕事ぶりのことだが」

「まあ、ありがとうございます！」

彼は咳払いした。「最近の若い女の子は――その――難しくてね」彼はいった。「昔のようにはいかない。誠実な日給に見合う誠実な仕事をするとか、そういう意味でね。わたしのいうことがわかるかね」

「ええ、わかります、ミスター・バーンズ」

「さて」彼は明らかに嬉しそうにシビルを見て、驚いたことに、どこか立ち去りがたいそぶりを見せた。「お先に、ミス・グレイヴス」

「さようなら、ミスター・バーンズ」

彼は足早に出ていった。助平じじい：　シビルは思った。偉そうなことをいっている間じゅうずっと、わたしの胸を鑑賞しているんだから。みんな助平だわ。シビルはひどく不当に扱われている気がした。だが——そう、確かに——少し嬉しくもあった。来月昇給してもらえるよう、掛け合えるかしら。

シビルは手紙に封をし、切手を舐めて貼った。デスクの一番下の引き出しからハンドバッグを出し、立ち上がってロッカーへ向かう。会計士の部屋にあるのと同じような、緑に塗られたスチールのロッカーを開けた。丈の短いダブルのツイードのコートが、フックから下がっていた。流行りの小さなサンバイザーは、棚の上に置いてある。

シビルはロッカーのドアの内側についている鏡で、自分の姿を見た。口紅の状態を見て、塗り直す必要を感じる。口紅をしまい、コートに手を伸ばしたとき、彼女は壁掛け時計を振り返った。時計の針が指していたのは、きっかり……。

午後五時三分

……そのとき、会計士の部屋から鋭い爆発音が聞こえた。

バックファイアだわ。シビルは馬鹿げたことを思った。

だが、車がオフィスビルの二十一階で何をしているというのだろう？

それは間違いなく——筋が通らないけれど、ほかに何があるだろう？——銃声だった。

午後五時五分

オンタリオ水力発電委員会の中央制御室では、夜勤監督者が昼勤監督者から引き継ぎを受けていた。

「すべて正常だ」昼勤監督者が報告した。「いつもの電力量が南東へ流れている。その方向への流出量がピークに達したのはいつだった？」

「ゆうべは五時二十分だ。だが、日が短くなるにつれて早くなっている。おそらく、今夜は五時十五分頃になるだろう」

「まあ、その時間までいる気はないがね」昼勤監督者はそういいながらドアに向かった。「空いているソケットに指を突っ込むなよ」

交代要員は、古典的な冗談におざなりに笑った。相手が制御室を出ていったあと、夜勤の男は、グラフの上で曲線を描く自動記録ペンの列を見た。経験豊富な彼の目には、その曲線は、常に変化する電力の流れとして映った。電気は均圧線を通じ、CANUSEとして知られるカナダ＝アメリカ東部送電網の、何百という送電線に沿って流れている！

グラフは何もかもが順調であることを示していた。

午後五時十六分

夜勤監督者は、もう一度グラフの定期確認を終えた。振り返ろうとしたとき、動いていたペンが突然止まった。続いてまた、激しく動き出す。

彼はぞっとする思いでペンを見た。何らかの不可解な理由で、電気がすべて逆流していた。南東部では街灯が点り、地下鉄が帰宅者を運び、何百万という家庭が電気のスイッチを入れる需要のピークだというのに、代わりに何の用もない北西部に流れている。

技師は飛び上がった。一連のスイッチを入れ、別のスイッチを切る。

だが、もう遅すぎた。

激しく回転するペンから、彼はシステムの〝分裂〟がすでに起きてしまったことを知った。オンタリオ湖の向こうでは、ロチェスター・ガス・アンド・エレクトリック社の技師が、ダイヤルの並んだパネルを確認していた。壁掛け時計にちらりと目をやり、日誌に〝午後五時十六分〟と書いたあと、彼はページの上でペンを止めた。パネルのダイヤルが、急に狂ったように動きはじめたのだ。

彼はペンを放り、大きなスイッチに駆け寄り、それを切った。

数秒後、七億三千七百万ドルを投じた西半球最大の発電所、ロバート・モーゼス・ナイアガラ発電所の計器が暴走した。その場にいた技師は目を丸くして、ダイヤルの列と動くペンを見ていた。それは出力量が千五百メガボルトから二千二百五十メガボルトにまで急上昇したあと、信じがたいことにゼロまで急降下したことを表していた。

午後五時十八分

マンハッタンのウェストサイドにあるコンソリデーテッド・エジソン社のエネルギー制御センターでは、技師が計器を観察していた。それは北部から流れ込んでくる電力量を計測していた。突然、流入していた三十万キロワットの電力が逆流した。数秒のうちに、一億五千万キロワットの電力が、電力需要のピークにあったニューヨーク市から北西へ流れ出た。

彼はコン・エジソンをＣＡＮＵＳＥから切り離すスイッチをやみくもに押した。

マンハッタンに住む、十八歳で新婚一日目のミセス・グロリア・ヴィンチェンツァは、おぼつかない手つきで、フアナおばさんから結婚祝いにもらった電気ミキサーで初めてのケーキ種を混ぜていた。と、ミキサーがぴたりと動きを止めた。若いミセス・ヴィンチェンツァは壁のソケットを見て、コードが一本、プラグから抜けそうになっているのに気づいた。

彼女は顔をしかめ、プラグのすぐ後ろのコードを持ち、引き抜いた。プラグがソケットから抜けた拍子に火花が散った。同時に、天井の照明が暗くなり、ぼんやりとしたオレンジ色になった。

新妻はコードに噛まれたようにそれを落とした。明かりが元に戻った。安堵のため息をつこうとしたとき、アパートメント全体が真っ暗になった。

彼女はキッチンの窓の前にいた。胸が早鐘を打ちはじめる。見渡す限り、どこにも明かりはなかった。

「どうしよう！」新妻は暗闇の中で息をのんだ。「わたし、何をしちゃったの？」

民間航空会社のパイロット、ジム・コルプは、高度三万フィートを飛行しながらマイクに向かっていった。「皆様、当機はニューヨーク市に向かっております。前方に自由の女神のたいまつが輝いているのがおわかりでしょう」

たいまつは輝き、像はライトアップされていた。いつもの通りだ。だがコルプはだしぬけに、女神の周囲が漆黒の海と化すのを見た。スタテン島とブルックリンの一部には明かりが見えた。またマンハッタンの西側には、明かりのついた橋がいくつかあった。それ以外は、どこも真っ暗だった。

彼は管制塔を呼び出そうとした。無線の音はあまりにもかすかで、不明瞭だった。照明が広がっているはずのところは、ただの闇だった。

険しい声で、コルプは同僚のパイロットにいった。「市内は大陸間ミサイルで壊滅したに違いない。第三次世界大戦が始まったんだ、ビル。被害を免れたジャージー空港と交信できるかどうか試してくれ。このおんぼろ飛行機が着陸できるように」

2

ニューヨーク市警本部のコリガン警部は〈マキシーズ・ビジネスメンズ・バー・アンド・グリル〉で、私立探偵を生業としている昔なじみの相棒チャック・ベアと、仕事のあとの一杯をやろうとしていた。ニューヨーク大停電が起こったのはそのときだった。経験豊富なふたりだが、これほどの文明の混乱にはどちらも心構えができていなかった。

ティム・コリガンは両のこぶしにヘビー級の力を持った、一流のミドル級ボクサーのような視線と動きを見せた。彼は大地に触れんばかりの低い体軀で、アンタイオス（ギリシア神話の巨人で、大地に触れている限りは不死身といわれる）のごとくそこから力を得ているようだった。顔は平面が折り重なったようで、漫画じみて見えた。左目に黒い眼帯をしているところが、なおさらそう思わせる。瞳は茶色で、落ち着いていて、普段は愛想がよかった。そうでないときには〝さっさと逃げろ〟というのが巷《ちまた》の合言葉だった。

ひしゃげたケーキを粉砂糖で飾るように、コリガンはマディソン街の下級幹部のような格好をしていた。イタリア製のシルクのスーツにスルカのネクタイ、十五ドルもするシャツが大好きで、それが着実に彼の預金を食い潰していた。そのことと、魅力的な女性への衰えを知らぬ男性的鑑賞眼だけが、彼の道楽だった。そして、そのいずれにも、義務への献身を邪魔させることはなかった。彼は義務に対し――チャック・ベアがたびたびこぼすように――八月半ばのカンサス州の畑のように古臭《コーニー》かった。

　ベアのほうが背が高く、肩幅も広く、胸板も厚く、醜男だった……どこにいても大男だった。力は重量挙げ選手のように強かった。浅黒い肌に、どっしりとした鼻と唇と顎。その上には、淡青色の目と驚くばかりの赤毛があった。それは母方の血筋につながる名も知らぬアイルランド人から受け継いだものだ。彼はとうてい下級幹部には見えなかった。港湾労働者、用心棒、トラック運転手あたりが妥当なところだ。だが、よく見れば、彼にはある種の愛らしさがあった。女性はたちまちそれを見抜き、そこに惹かれた。

　ふたりの友情は朝鮮戦争時代、ともに戦略諜報局にいた頃にさかのぼる。砲弾の破片がコリガンの左目を潰したとき、彼を救護所へ引きずっていったのがベアだった。彼らは何度か命を助け合った。退役してからは、コリガンは戦前の経歴から、警察の仕事、眼帯、その他もろもろを手に入れた。チャック・ベアは探偵事務所を開いた。

　こうしてふたりは、十一月九日の夕方、なじみの〈マキシーズ〉に座り、チャックが終えたばかりの産業スパイの仕事についておしゃべりを交わしていた。そのとき、明かりが消えた。

　しばらくは、特に派手な騒ぎはなかった。停電は、あちこちでたまにあったからだ。いつもの冷やかしが聞こえる程度だった。

「どうした、マキシー？」カウンターのどこかから声がした。「電気代を払い忘れたか？」

「とんでもねえ」別の声が混ぜっ返した。「明かりが消えたんじゃねえ。マキシーがウィスキーと称する毒で、みんな目をやられちまったのさ」

マキシーを除いてみんなが笑い、マキシーは怒鳴った。「あんたがたお笑い芸人の誰かがマッチを持っていたら、蠟燭を探してきてやるよ」

カウンターに沿って、マッチとライターの火が点った。マキシーはカウンターの裏の引き出しを見つけ、中を探った。そこから店の〝宴会場〟で大昔に開かれたどんちゃん騒ぎに使われた、真っ赤なディナーキャンドルを二本出し、差し出されたライターの火に近づける。ショットグラスの底に蠟を垂らし、蠟燭を固定すると、ひとつをカウンターに置き、もうひとつを持って厨房に入った。出てきたとき、彼はずんぐりした飾り気のない蠟燭を皿に立てたものを四つ持っていて、それを程よい距離を置いてカウンターに配置した。それからヒューズボックスを探しに行った。戻ってきた彼は、戸惑った顔をしていた。

「ヒューズは切れていない」マキシーはいった。「ブロックごと停電しているんだろう。誰か見てきてくれ」

ひとりの客がそれに応じ、走って戻ってきた。「ブロックごとなんて騒ぎじゃない!」彼は叫んだ。「町じゅうが停電しているみたいだ! どこにも明かりが見当たらない!」

「おい」誰かが不安そうにいった。

「家に帰ったほうがよさそうだな」別の誰かがいった。

「この暗闇で、どうやって帰るっていうんだ？」

「なあ、しっかりしろよ、みんな」どこかの楽観主義者が甲高い声をあげた。「何を大騒ぎしてるんだ？　一時的な停電だろ。すぐに明かりがつくさ」

彼らはマキシーの店の板ガラスの窓に殺到した。コリガンとベアはそっと歩道に出た。

「どう思う、チャック？」

「知るもんか。ちょっとやそっとじゃなさそうだな、ティム。町全体となれば」

日没は四時半過ぎだ。だが、五時過ぎには月が昇っていた——雲ひとつない空にほぼ満月の月が浮かんでいたので、街灯がつかなくても視界は良好だった。自動車のヘッドライトも助けになった。

「そう悪くなさそうだ」チャック・ベアがいった。

「そうかな？」コリガンがつぶやいた。「信号機は使いものにならないぞ、チャック。大変なことになるだろう」

「何てこった」ベアがいった。「交差点という交差点が——地下鉄も——橋も——トンネルも——今はラッシュアワーだ！」

最寄りの交差点では、車が完全に立ち往生していた。四方八方からクラクションの音が聞こえてくる。

ベアがいった。「あの角へ行って、交通整理をしたほうがいいんじゃないか、ティム」

コリガンは月明かりに照らされた近くのビルと、遠くでシルエットになっている高層ビルを見た。会社員が懐中電灯や蠟燭を見つけたのか、窓の奥で光が揺らめきはじめた。それは美しい眺めだったが、コリガンの慰めにはならなかった。

「それよりも、何が起こっているかを突き止めたほうがいい」コリガンはいった。「この世の終わりを、交通整理をしながら迎えたくないからな」

「この世の終わりが近いなら」ベアがいった。「どう終わるか教えてやるよ」

コリガンはにやりとした。世界の終わりを見逃せない体験と考えているとは、この赤毛の大男らしい。彼は〈マキシーズ〉へぞろぞろと戻っていく客たちの最後尾につき、ベアがそれに続いた。

揺らめく蠟燭の光で、マキシーがレジの鍵を開けるのが見えた。

「先月こいつを買っておいてよかった」マキシーは陽気にいった。「古いレジは電気が来ないと開かないんだ。売上は記録できないが、少なくとも釣りは出せる。紳士方、営業再開だ。ご注文は？」

コリガンがいった。「ひと稼ぎする前に、マキシー、バーの電話を貸してくれないか」

マキシーはカウンターの奥から電話を取って渡した。コリガンは本部の番号を回し、待っている間に蠟燭の明かりで腕時計を見た。五時二十八分。停電が起こって十分が経っていた。

「刑事局を頼む」交換が出ると、彼はいった。

スウィーニーの無愛想な声がした。「刑事局、スウィーニー警部だ」

「ティム・コリガンだ、サム。この停電はどうしたっていうんだ?」

「ああ、ティム」夜警指揮官はいった。「わからない。コン・エジソンは全体的停電だといっている。原因は今のところ不明だ」

「つまり、ニューヨークだけじゃないってことか?」コリガンは信じられないという口調でいった。

「とんでもない。明らかに北東部のほとんどと、カナダの一部も含まれているようだ。全体像がわかり次第、報告するそうだ」

「破壊工作か?」コリガンはそれしか思い当たらなかった。

「コン・エジソンはそう考えていない。ただの推測だとはいっていたが。ところで、こっちは心配ない。通信室と指令室は、停電三十秒後に非常用電源に切り替わっている。もちろん、電話会社も非常用電源になっている」

だろうな、とコリガンは思った。でなければ、スウィーニーとこうして話をしていられないだろう。だが、そのことは今まで頭になかった。こうした事態にはおかしなところがある。元々あった概念や、人々が当然と思うことがすべて引っくり返る。何てことだ。何千人もの人間がエレベーターに閉じ込められているに違いない。

「どれくらい続くと思う?」

「長くなりそうだな、ティム。非番の連中を呼び戻しているところだ。すぐに停電が解消しなければ必要になるだろうからな。今、どこにいる？」

「十番街とブロードウェイの角にあるバーだ」

「電話番号を教えておいてくれ」スウィーニーがいった。「そこを離れるときは、行き先を知らせるように」

「しばらくはどこへも行けそうにない」コリガンはいった。「外の通りはまるで悪夢だ」

「報告では、市内全体が渋滞しているようだ。番号は？」

コリガンは受話器の上のプレートを見たが、判読できなかった。ペンライトを出し、それを読む。

「こちらからかけても驚かないでくれ」指揮官はいった「つながればの話だがな。何万人という会社員が家に電話しようとして、電話回線はとんでもなく混み合うだろう」

コリガンは現実とは思えない気持ちで受話器を置いた。ほろ酔い加減の薄暗いバーに戻ると、ラジオの音が聞こえた。誰かが携帯式のトランジスタラジオを持っていたようだ。アナウンサーのよどみない声に、耳障りなノイズが混じっている。

「……明らかに、戦争や破壊工作の結果ではありません。コンソリデーテッド・エジソン社の広報担当者は放送局に対し、聴取者にパニックに陥る理由はないとはっきり伝えるよう要請しました。不具合の原因は正確にはわかっておりませんが、担当者はこの停電を、送電装置の機械故障と考えているようです。停電の範囲と、いつまで続くかの情報はまだ入っておりません。当放送局は、通常の電力が回復するまで非常用電源によって放送を続け、情報が入り次第お伝えする予定です」

防臭剤のコマーシャルになった。ラジオの持ち主は、音を小さくしながらいった。「で、こいつらは、おれに脇の臭いの心配をしろってのか！」誰も笑わなかった。ひとりの男が別の男を肩で押しやり、後ろの電話ボックスへ向かった。

ベアがいった。「本部は何か意味のあることをいったか、ティム？」

コリガンはかぶりを振った。「この交通渋滞を何とかしたほうがよさそうだな」

しかし、彼らが角へ来たときには、大学生とおぼしきクルーカットの若者が二人、冷静に交通整理をしていた。車は今も東西南北に数ブロック連なっていたが、交差点の渋滞は解消されていた。自動車は若者の合図にきちんと従っていた。

「今どきの若者は、なんていうやつがいたら」チャック・ベアがいった。「殴りつけてやる。おれたちはお呼びじゃなさそうだな、ティム」

「〈マキシーズ〉に戻ろう。スウィーニーの電話を待つことにする」

ふたりは引き返し、バーのスツールに座った。今では電話ボックスに行列ができていた。「バーの電話は空けておいてくれ、マキシー」コリガンがいった。「本部から電話が来ることになっている。あの公衆電話は占拠されてしまっているようだからな」

「なあ」ベアがいった。「ここでぐずぐずしている間に、何か腹に入れておかないか、ティム？　マキシーのところに何か食えるものがあればの話だが。どうだい、マキシー？」

「あんたにゃ違いはわからないだろう」マキシーはいった。

「料理はガスでやってるのか、電気か？」

「ガスだ」

「だったら、何か食べられるだろう」

「食べられるかもしれないし、食べられないかもしれない。厨房の調理コンロ以外のものは、全部電気なんだ。ジョーに料理が作れるかどうかわからん」

「ガスコンロがあるのに？　からかってるのか？」ベアがいった。「いいか、おやじ、裏のコック長に、ミディアムレアのステーキを二人前といってくれ！」

突然、バーにいた誰もが空腹を覚えた。マキシーに注文が殺到した。

「わかったよ！」マキシーは叫んで、引っ込んだ。彼は戻ってきていった。「オーケーだ。だが、ガーリックトーストの代わりに何もついていないパンで、フライドポテトはなしだ――揚げ物が食べたきゃ家で食べるんだな」

コリガンはにやりとした。「来週の火曜日には、連中はおたくのカウンターのニスを舐めているだろう、マキシー。それで思い出した。あと二人前同じものを頼む。まだ勤務に戻らないからな」

3

誰もがカウンターで食事をせざるをえなかった。マキシーはテーブルに行きわたるだけの蠟燭を持っていなかった。

コリガンとベアがステーキを平らげ、マキシーの怪しげなコーヒーに取りかかったのは、午後六時のことだった。その頃には、バーのラジオを通じて停電のさらなる情報が得られていた。

停電の原因はまだわかっていなかった。その範囲も。暗闇に閉ざされているのはヴァーモント州、コネチカット州、ニューヨーク州の大部分、マサチューセッツ州、メーン州、ニューハンプシャー州、ニュージャージー州、ペンシルヴァニア州の一部、そしてカナダのオンタリオ州の大部分だった。闇のとばりは八万平方マイルを覆い、三千万人に影響を及ぼした。

スタテン島、ブルックリンの一部、自由の女神、マンハッタン西部のトンネルと橋の一部は、今も闇の大海原で灯台の役割を担っていた。その電力は別の均圧線から引かれていたのだ。

アナウンサーは、見えない——同じく見ることのできない——聴取者に向かって、心配することはないといい続けていた。噂は急速に伝わり、ラジオ局にまで押し寄せてきて、もみ消せないほど具体的になっていた。アナウンサーの口調は、噂が悪夢のような性格を帯びるのに比例して、皮肉さを増していた。中にはこんな噂もあった。邪悪な共産主義者がニューヨークからカナダまでのスイッチを切った、発電所が破壊工作に遭った、停電直前に上空を横切った衛星のために送電線が謎のショートを起こした、すべてが過度に熱心な政府機関による計画で、アメリカ人が空襲に耐えられるかどうかを確認するものだ、などなど。

ニュースキャスターはこう結んだ。「コンソリデーテッド・エジソン社の代理人は放送局に対し、これらの噂はまったくの事実無根であると断言しました。これほど停電が長引くとすれば、このこともお知らせしておいたほうがよいでしょう。今夜はひと晩じゅう、明るい月が出ています。月の出は午後五時五分、昨日満月を迎えたばかりですので、ほぼ満月といえましょう。雲もありません。気象予報士によれば、今夜はずっと、ロンドン大空襲で〝ボマーズ・ムーン〟といわれた月が出ているだろうということです。さらに、五千人の非番警察官が呼び戻されて任務につき、合計一万五千人の警察官が緊急事態に備えております」

「睡眠よ、さらば」コリガンがぶつぶついった。

「居場所を教えなければよかったな」チャック・ベアが友人同士の軽口をきいた。

ニュースキャスターは続いて、停電によって引き起こされた問題に移った。「六百三十本の地下鉄の列車が地下で立ち往生し、およそ八十万人の乗客が閉じ込められています。エレベーター数百基が止まり、数千人が真っ暗なオフィスビルやアパートメントに足止めされています。信号機が点灯しないため、市内では史上最悪の渋滞が引き起こされています。厄介なことに、ガス欠になったドライバーがガソリンを求めようとしても、ガソリンスタンドのポンプが停電で動かない事態となっています。

アメリカ人は、どれだけ電力に依存していたかを身をもって知らされているところです。アパートメントの呼び鈴は鳴らず、自動販売機は金を入れても何も出さず、警報機は使いものになりません。国連本部では、演説をしても聴く者がいません。放送設備もイヤホンもテープレコーダーもまったく使えないのですから。何百万という家庭で電気時計が止まり、当然のように使っていた家庭用品がほとんど動かなくなってしまいました。包丁、缶切り、歯ブラシ、髭剃り、電気毛布はすべて使えません。電気感知式のガレージドアは開きません。テレビもつきませんが、仮についたとしても番組は視聴できないでしょう。地元のテレビ放送はすべてエンパイア・ステート・ビルのテレビ塔から電波が送られますが、そこには非常用電力がないのです。

より深刻なレベルでは、電気コンロを使っている家庭ではもはや調理ができず、電気暖房機や強制換気、サーモスタット式のストーブなどを暖房に使っている家庭では、徐々に室温が下がっています。冷蔵庫や冷凍庫の温度は上がっています。非常用電源がないか、一部しか使えないところでは、人工肺を手で動かし、患者を生かしています。現時点で、ベルヴュー病院の地下は自動ポンプが作動しないために浸水しています。一般大衆にとって最も衝撃的なのは、ニューヨーク市内の空港に非常用電源がないことが判明したという事実でしょう。停電で空港は機能しなくなりました。出発便はすべて欠航となり、到着便は電気が通じている町に行かなくてはなりません。停電で管制塔が到着便と無線交信できないため、パイロットは代わりの空港と直接無線でやり取りをし、着陸手配を行っています」

バーの電話が鳴った。マキシーが電話機をコリガンに渡した。

「サム・スウィーニーだ、ティム」夜警指揮官がいった。「腹ごしらえは済んだか？」

「ああ、たった今」

「そいつは運がいい。なぜなら、この次いつ食事ができるかは神のみぞ知るからだ。自殺騒ぎの捜査を頼みたい」

「場所は？」

「バーンズ会計事務所――十三番街とブロードウェイの角にある、バウアー・ビルディングだ。そこからは三ブロックしか離れていない」

「さっき見たときは、見渡す限り車が渋滞してたぞ」コリガンは異を唱えた。「歩いて行かなければならない。殺人課は何をしているんだ？」

「彼らも渋滞に巻き込まれているんだ、ティム。通報があったのは三十分前。無線車は十分以内に到着したが、殺人課のチームはたどり着けなかった。渋滞が解消するまで、代わりを務めてほしい」

「わかった」コリガンはため息をついた。「バーンズ会計事務所の部屋番号は？」

「二一〇一号室だ」

コリガンは繰り返したあと、だしぬけにいった。「おい、つまり二十一階ってことか！」

「ご名答、ティム」

「エレベーターが動かないのに、どうやって行けというんだ？」

「階段を上ればいい」

「二十一階まで？」

「運動は体にいいぞ」

コリガンはうめいた。「おたくのように、デスクの前で詰め物をした椅子に尻を乗せていれば——」

「恥とは思わない」スウィーニーは明るくいった。「現場に着いたら電話してくれ」

コリガンはぶつぶついいながら受話器を置いた。近くの蠟燭に腕時計をかざすと、六時五分だった。

ベアはニュース放送の続きを聴いていた。コリガンの不満顔を見て、彼はいった。「どうした？」

「自殺騒ぎだ。確認に行かなければならない。一緒に来るか、チャック？」

「そのほうがよさそうだ。ここにいたら、べろべろに酔っちまうだろう」

彼はコーヒーの残りを飲み干し、スツールを下りて、ポケットから二十五セント硬貨を出した。期待するようにコリガンを見る。コリガンは十セント硬貨を出した。

「次はそっちの番だぞ」ベアは硬貨を投げ上げ、カウンターに手のひらで押さえた。

コリガンもそれにならって十セント硬貨を投げた。一緒に手を離す。どちらのコインも裏だった。

赤毛の男は愚痴をいった。「所得税の申告では、あんたを扶養家族にするとしよう。いくらだ、マキシー？」

支払いを済ませ、ふたりは外に出た。コリガンは少し気分がよくなっていた。

外ではふたりの大学生がまだ交通整理をしていた。今では車がのろのろと交差点を進んでいたが、車の列はまだ、どの方角にも数ブロックは続いていた。

ベアはその混乱をにらみつけた。

「たったの三ブロックだ」コリガンがなだめるようにいった。「朝鮮での、あの長くてつらい行軍よりはましだろう」

「五十フィートと行かないうちに、おれに運ばせるつもりなんだろう」

バウアー・ビルディングに着いたのは六時二十分だった。月明かりとヘッドライトのおかげで、外の出入口はよく見えたが、オフィスビルのロビーはエジプトの墓所の内室のように真っ暗だった。コリガンはペンライトをつけ、さんざん悪態をつきながらうろうろして、ようやく階段に通じるドアを探し当てた。

コリガンが向かおうとすると、ベアがいった。「何階なんだ？」

「ああ、ほんの数階だよ」コリガンはいった。「どうかしたのか、意気地なし？」

「数階って何階だ？」大男はいぶかるように訊いた。

「おいおい、チャック。どのみちおまえは太りすぎだ」

「だまそうとしてるだろ」

「誰が？」コリガンは無邪気にいうと、先に立って歩きはじめた。

五階の踊り場で、ベアが足を止めた。「待てよ。ほんの数階って、何階上がればいいんだ？」

「おまえはヤワだといっただろう」

「登山家になりたいなんていった覚えはないぞ、相棒。高度記録を打ち立てるつもりだと知ってたら〈マキシーズ〉に残ってた」

「十分休んだか？」コリガンはいった。「それとも、脚を揉んでやろうか？」

「わかったよ！」ベアがいった。「おれはあんたよりも愛されてるし、腕っぷしも強いし、抜け目もない。山登りだって絶対に負けないぞ。さあ行け、ちびめ」

だが、十一階でベアはまたしても立ち止まった。一番上の段に座り込む。「あと何階あるか教えないうちは、もう一インチだって動かない」

「半分は過ぎた」コリガンは励ますようにいった。

「半分！」ベアは吠えた。「あと十一階もあるのか？」

「半分は過ぎたといっただろう」

「いいか、相棒、ここからは正直に話をしよう。でないとおれはやめる。おれたちゃ、あと何階上らなきゃならないんだ？」

「たったの十階だ」

私立探偵は立ち上がった。「くそったれめ。おれは〈マキシーズ〉に帰る」

「懐中電灯はあるのか？」コリガンは真っ暗な階下をペンライトで示した。

「いいや……」

「下は真っ暗闇のようだ。幸運を祈るよ、相棒」

「くそったれ」ベアは大声でいい、階段を下りはじめた。

コリガンは懐中電灯の明かりを消した。階段を下りるベアの足音が止まった。ライターの火がつき、ちらちらとまたたき、やがて消えた。

「悪いときに燃料切れになったな、チャック」コリガンが下に向かっていった。

返事はなかった。探るような、慎重な足音が、さまざまな悪態を伴って下りていく。やがて、それはまた止まった。コリガンはにやりとして待った。

「こんちくしょうめ」ベアが下から叫んだ。「おれが脚を折る前に、その懐中電灯をこっちに向けやがれ！」

コリガンは「おっと、すまない」といい、いわれた通りにした。ベアは何やら怒ったような言葉を口にして、戻ってきた。

二十一階までは、休憩も入れて全部で二十分ほどかかった。

ふたりが二十一階の踊り場に着いたとき、ベアはぜいぜいいいながら一番上の段に座り込んだ。引っぱり上げなくてはならない体重が彼より三十ポンドは軽いコリガンは、深呼吸をしただけで、馬鹿にしたようにベアの隣にしゃがんだ。

「用意はできたか？」ついにコリガンがいった。

「まだだ！」

「一緒に来るか、暗闇に残るかだ、チャック」彼はそういって、階段のドアを開け、二十一階のフロアに足を踏み入れた。

4

非常階段は通りに面したビルの正面にあった。ビルは南向きだった。コリガンは、建物の裏手までまっすぐに伸びている通路の端に立っていた。北側の突き当たりには窓がある。それが見て取れたのは、通路の両側に並んだドアが開いていて、そこから明かりが漏れていたからだ。コリガンの左手、西側に当たる中央のドアは、ちょうど通路の真ん中に位置し、真向かいにエレベーターが並んでいる。左手にはあとふたつドアがあり、ひとつは彼のすぐそばの閉まったドアで、何の表示も出ていない。真ん中のドアを正面入口とした会社が、通用口として使っているのだろう。突き当たりの窓に近いほうのドアは、やはり閉まっていて、化粧室と思われた。

彼の右手、東側の壁は、およそ三分の一と三分の二のところに、別のふたつの会社の入口があった。右手のすぐそばに、やはり何の表示もない閉じたドアがあり、これは手前側の会社の通用口に違いない。突き当たりの側には、やはり閉じたドアがあった。それは左手のドアと向かい合っており、通路を挟んで同じ目的に使うものと思われた。ひとつは男性用で、もうひとつは女性用なのだろう。

左手の会社の入口から漏れ出る光は、薄暗く、ちらちらしていた。蠟燭の光なのは明らかだ。右手奥のドアからの光はずっと明るく、ちらついていない。その会社には非常用電源があるのだろうかとコリガンは思った。

チャック・ベアがぶつぶついいながら階段室を出てきて、彼に合流した。ふたりは一緒になって通路を歩いた。最初に来たのは右手前にあるドアで、すりガラスがはめ込まれ、懐中電灯の光で、入口に二一〇二という番号とともにこう書かれているのが読み取れた。〈グリズウォルド宝石——卸および小売〉。ふたりは先へ進んだ。

通路の半ばで、ふたりは左手の開いたドアに差しかかった。エレベーターの向かいの会社の入口だ。表札には〈二一〇三　アダムズ広告代理店〉とある。どうやらアダムズ広告代理店は、フロアの左半分を丸ごと使っているようだ。

コリガンは明るく照らされた右手の入口をわざと迂回し、通路の端を歩いて、窓のそばで向かい合うふたつのドアを調べた。案の定、それは化粧室のドアだった。左に〈婦人用〉、右に〈紳士用〉と書かれている。

全体の見取り図に満足した警部は、明るく照らされた入口へ引き返した。そこには〈二一〇一バーンズ会計事務所〉と書かれていた。だが、ベアが驚いたことに、彼は中に入らなかった。

「おい」ベアはいった。「どこへ行く？　中にふたりの警官がいることからして、二一〇一号室が現場だろう」

「わかっている」コリガンはそういいながら歩き続けた。「だが、二一〇三号室を覗いてみた感じでは、何かが起きているようだ。まるで通夜《ウェイク》のような。死体は後回しだ」

彼はエレベーターの向かいにあるアダムズ広告代理店の入口で立ち止まった。ベアが近づき、コリガンの肩越しに覗く。

大きな会社で、応接室とオフィスの組み合わせのようだ。ドアをすぐ入ったところの左手に仕切りが東西に渡され、部屋を完全に分けている。狭いほうは会社の応接室で、受付係のデスクと緑の革製の長椅子の前にコーヒーテーブル、さらに同じ張り物をした安楽椅子が数脚あった。専用オフィスに通じているとおぼしき廊下が、南側の壁の真ん中から伸びている。壁は雑誌広告の写真を引き伸ばしたものに覆われており、明らかに経営陣はそれを誇らしく思っているようだ。

仕切りの右側に当たる広いほうは、いくつかのデスクに占められていた。タイプライター・スタンドに、さまざまな事務機器を置いた長テーブル。それより小さなテーブルには、ティーポットが載った電熱器、インスタントコーヒーの瓶、砂糖の袋、代用クリームの瓶、乱雑に置かれたプラスチックのカップがあった。そして西側の壁全体が、背の高いファイル棚に支えられていた。オフィスを照らす唯一の明かりは、受付係のデスクの上で燃えている一本の蠟燭だった。

室内には五人の女とひとりの男がいた。男は、女のひとりとソファに座っていた。別の女は長いブロンドの髪を肩の下まで垂らし、安楽椅子のひとつにだらしなく座っていた。セクシーな脚の持ち主だった。ほかの三人の女は、受付係のデスクのそばに座っていた。

安楽椅子のブロンドが、髪と同じようにけばけばしい声でいった。「こっちへ向かってるといってた刑事さん？」

「ええ」コリガンはいった。

「あなたたちが華々しく登場するまで宙ぶらりんにさせられて、嫌になっちゃうわ。一時間前に電話したのよ」

コリガンはほかの人々を見た。誰もがびくびくしているようだ。それが普通だ。「あとでお話を聞きます。この場を離れないように」彼はそういうと、通路を斜めに渡って二一〇一号室へ向かった。ベアもうんざりした様子であとに続いた。

そこもまた、応接室とオフィスの組み合わせだったが、通路の向かいの会社ほど広くはなかった。受付係のデスクは、半ばドアを向くよう斜めに置かれていたが、来客をほかの部分から切り離す木の仕切りはなかった。ドアのすぐ内側の壁に置かれた二脚の木の椅子が、応接室を形作っていた。ほかにデスクはなかった。北の壁に面したテーブルには、小切手印字機といくつかの機器が置かれていた。ファイル棚もそこにあった。受付係のデスクの後ろにある何も書かれていないドアは、何かの作業場に通じているのだろう。ドアは閉まっていた。南の壁には〈所長　カールトン・バーンズ〉と書かれたドアがあった。

まばゆい光は、デスクの上に置かれたコールマン社製のツインマントル・ガソリンランタンのものだった。それは三百ワットの電球のように部屋を照らしていた。

中年の制服警官が、受付係のデスクの後ろに座っていた。若い制服警官は、壁際の椅子のひとつに座っている。

コリガンとベアが入ってくると、ふたりは一斉に立ち上がった。コリガンはどちらの警官にも見覚えがなかったが、中年のほうは明らかに彼の眼帯に気づいたようだ。警察署にはひとりしかいない。

彼は敬礼した。「コリガン警部ですね」

「うむ」コリガンはいった。

「マロニー巡査です。こちらは相棒のコーツ巡査」

コリガンはうなずいた。「チャック・ベアだ」彼はそういって、赤毛の男を親指で指した。「私立探偵で、捜査に便乗してきた」

「歩いてきただろ」ベアががなった。

ふたりの巡査はにやにやした。

「ランタンをどこで手に入れた?」コリガンが尋ねた。

若い警察官がいった。「わたしのです、警部。たまたま自宅の数ブロック先をパトロールしていたときに停電になったもので、いざというときのために、家に寄って持ってきました」

「よくやった」コリガンは褒めた。「それで、どういう経緯だ?」

「被害者は中です」マロニーは何も書かれていない閉じたドアを指差した。「証拠に触れないよう、全員に通路の向かいの会社に行ってもらいました」

コリガンはまた喜んだようだ。トップコートを脱ぎ、事務機器がひしめくテーブルのほうへ持っていくと、丁寧に折りたたんでそこに置き、帽子をその上に載せた。チャック・ベアもそれにならったが、やり方は彼ならではだった。数フィート離れたところからコートをテーブルに放り、その上に帽子を投げる。

「ランタンを持ってきてくれ」コリガンはそういって、何も書かれていないドアへ向かった。

コーツ巡査がランタンを手に、急いでコリガンのあとを追った。ベアとマロニー巡査が最後についてきた。

そこは狭い部屋で、長テーブルがふたつと、それぞれに椅子が一脚あった。椅子は背中合わせに置かれていた。各テーブルには台帳や書類が積まれ、加算機が置かれている。コーツは床にランタンを置いた。その理由はすぐに明らかになった。

左手のテーブルに半ば隠れるように、死体が仰向けに転がっていた。ブロンドで、年は三十五くらい、スポーツマンらしい体格をしている。ハンサムな顔が、右のこめかみに開いた火薬やけどの穴で台無しになっていた。顔の左半分は、さらに魅力を損なわれていた。銃弾が貫通した頬に、大きく醜い穴が開いている。

血と肉、脳味噌が、左のデスクの書類に飛散していた。明らかに、自殺者は座った状態で、銃で頭を撃ったのだろう。後ろに押しやられた椅子と死体の位置から、彼が椅子から滑り落ち、テーブルの下に倒れたことがわかる。ドアの横のしっくいには、床近くに裂片状の穴が開いていて、命を奪った銃弾が最後にどこに達したかを物語っていた。

ドイツで第二次世界大戦中に使われたＰ38オートマチックが、死体の右手近くに落ちていた。鉛の平頭弾だ。コリガンは男の左頬に開いた穴の大きさから、そう見て取った。ダムダム弾かもしれない。この男は最悪の死を迎えたかったに違いない。

死体の横にいるコリガンに、マロニー巡査がいった。「名前はブライアン・フランクです、警部。ここの公認会計士です。遺体が倒れているのが彼のデスクでした」

「証拠がどの程度いじられているかわかるか？」コリガンが訊いた。

「全員が、何も手をつけていないといっています。明らかに死んでいたので、応急処置も何もしなかったとのことです。わたしの知るところでは、廊下を挟んだ向かいにある広告代理店の男性が指揮を取り、全員を外に出したようです」

コリガンは死体の外観を見るのを終え、凶器に注目した。

「おやおや」彼はいった。

死体の反対側にしゃがみ、やはりP38を見ていたチャック・ベアがうめいた。

「自殺者が自分の脳味噌を吹っ飛ばしてから、安全装置をかけるなんて聞いたことがあるか?」

コリガンが訊いた。

ベアは四文字言葉をはっきりと発音した。「誰かがブルって、自殺現場を台無しにしたようだ。安全意識がありすぎるやつが」

ふたりは立ち上がった。コリガンが中年の巡査にいった。「自殺という報告だったが」

「ええ」そういったマロニーは戸惑っているようだった。近づいてきて、銃を見下ろす。若いコーツも同じことをした。「おっしゃりたいことはわかります、警部」彼は神経質そうにいった。「本人にできるはずがありません」

コリガンがいったのはこれだけだった。「死体を発見したのは?」

「バーンズ会計事務所の秘書です。名前はシビル・グレイヴス。彼女と死んだ男以外は、全員帰宅していました。この会社にいるのはあとふたり——所長のカールトン・バーンズと、もう一名の会計士だけです。ミス・グレイヴスによれば、もうひとりの会計士は四時半、所長は五時に会社を出たそうです。五時三分きっかりに、彼女はここで銃声がするのを聞き、ドアを開け、見ての通りの彼を発見したということです」

すると、ふたつの可能性が残るな、とコリガンは思った。シビル・グレイヴスがブライアン・

フランクを射殺し、自殺に見せかけようとした。あるいは、彼女が応接室のドアを開ける前に、殺人者が窓から出ていったか。そんなことができるだろうか？

窓はふたつあった。東側と北側だ。古い特大サイズの上げ下げ式窓で、上下の窓の間に掛け金がついている。

コリガンは東側の窓に近づいた。掛け金は外れている。ハンカチで手を覆い、下の窓を開けてみた。窓は楽々と上がり、ほとんど音もしなかった。身を乗り出すと、窓の下に幅二フィートの石造りの張り出しがあり、それがビルをぐるりと巡っていた。

チャック・ベアも、部屋の後方の窓を開けて見下ろした。「鍵はかかっていない、ティム。この張り出しはいい通路になる。二十一階を囲んでいるんだろう」

「高所恐怖症の人間は別だがな」コリガンはぶつぶついった。「犯人はどちらの窓からでも入れたし、同じルートで逃げることもできただろう。あるいは、死体を発見したという秘書が、猫をかぶっているのかもしれない」

「おまえさんは猫をかぶったタイプに詳しいからな」ベアが冷やかした。「彼女に話を聞いてみたらどうだ？」

「そう思っていたところだ」コリガンはコールマンを取り、ふたりの制服警官にいった。「暗闇に取り残されたくなければ、きみたちも一緒に来るんだな。ランタンはわたしが取る」

「常に取る側となれ」チャック・ベアが巡査にいった。「それが警部のモットーだ。それを覚えていれば、いつか警部になれるぞ」

「はい」マロニー巡査がいった。

「いいえ」コーツ巡査がいった。「つまり、はいのことであります！」

ふたりとも、ベアの不敬罪《リーズ・マジェスティ》に混乱しているようだ。

コリガンはにやりとしただけだった。ランタンを持って廊下を引き返し、アダムズ広告代理店に向かった。

5

コリガンは応接室とオフィスを隔てる仕切りのスイングドアを開け、受付係のデスクの上にコールマンのランタンを置いた。周囲にだらしなく座っていた五人は、薄暗い蠟燭の光のあとで急にまぶしい明かりを受け、目をしばたたかせた。ベアとふたりの巡査は、仕切りの外に残っていた。

受付係のデスクにいた女性が身を乗り出し、節約するように蠟燭の火を吹き消した。オランダ人らしい丸顔と、オランダ人らしいボブヘアーの彼女は、オランダのチョコレートの広告に出てくる酪農家の女性のように丸々とした体格で、洗いたてのような顔をしていた。

コリガンは素早く観察した。容疑者は多い。難しい仕事になりそうだ。彼らを分類し、性格について情報を得るだけでもひと仕事だ。だが、西の窓から見えるニューヨークは真っ暗で、かろうじて見える蠟燭の明かりも、その闇を強調するばかりだ。彼はひとりごちた。調べる時間はたっぷりある。夜は長いのだから。

「まずは、皆さんのことを聞かせてください」彼はいった。「二一〇一号室の――バーンズ会計事務所の秘書兼受付係というのはどなたです？　死体を発見した方です」

「わたしです――警部、でしたっけ？」椅子に座っている女性がいった。

「コリガン警部です。仕切りの向こうにいるむさくるしいのは、知り合いの私立探偵、チャック・ベア。ふたりの巡査にはもう会っていますね。あなたがシビル・グレイヴスですか？」

「ええ、警部《サー》さん」

コリガンは彼女を見て、すぐさまブライアン・フランク殺害には何の関係もないと判断した。彼はそんな自分に驚いた。容疑者について即断するなんて、弁解のしようもない捜査手順だ。さらに、彼女の薬指を見て、何もないことに弾むような安心感を覚えていることにも気づいた。仕事を持つ既婚者が、会社では指輪を外すことはあるが、シビル・グレイヴスはそういう女性ではないと思った。結婚も、婚約もしていない。彼女は上を向いた鼻と、陽気そうな青い目と、はっきりとしていながらかすれた声と、笑うために作られたような大きな口をしていた――どこを取ってもアイルランド人らしい。それに、誇らしげに突き出された胸には、チャック・ベアもヒキガエルのように目を丸くしていた。コリガンは自分の片目が、もっと職業的に働くことを願った。とはいえ、自分だけにわかるある兆候で、それが疑わしいとわかった。この女性との間に何があるというんだ？　いきなりのぼせ上ったか？　いきなりというのは、馬鹿馬鹿しくて信用できない。それでも、事実そうだった。彼女にできるはずがない。殺人なんて。このアイルランド娘には。この陽気な目と正直そうな口元、そばかすの散った顔には。コリガン、冷静になれ。

「ほかにバーンズ会計事務所の人は？」彼は自分がそういっているのに気づいた。

「わたしだけです」アイルランド娘がいった。「警部さん《サー》」

サーと呼ばないでくれればいいのに、と彼は思った。だが、放っておいた。

「すると、あとはこの会社の人たちですね――アダムズ広告代理店の？」

「違います」ソファにいた男がいった。五人のうち唯一の男性だ。三十歳くらいで、きちんとしたビジネススーツを着て、遠近両用眼鏡をかけ、猟犬のような顔をしている。「ぼくはハワード・クラフトといいます、警部。通路の向かいの二一〇二号室にある、グリズウォルド宝石の者です。それから、右にいる女性はミス・ラヴァーン・トーマスといって、わが社の秘書兼簿記係です」

「グリズウォルド宝石のハワード・クラフトに」コリガンは繰り返した。「ミス・ラヴァーン・トーマスですね」ミス・ラヴァーン・トーマスは、彼が仕事で何度となく見てきたタイプの女性だった――五十がらみの内気そうな会社員で、髪は白髪交じり。恐らくこの会社に二十五年は勤めているだろう。ミス・トーマスは、金鎖のついた読書用眼鏡を使っていた。今は眼鏡はかけず、胸にぶら下げている。「何かおっしゃってください、ミス・トーマス」

「何ですって?」ミス・トーマスは、はっとしたようにいった。

「ありがとう」声と本人を結びつけるのは、常に重要なことだった。彼女の声はぴったりだった――胸のように平坦な小声だが、張りあげれば鋭く響く。コリガンは、彼女はまだバージンに違いないと思った。

「では、あとの三人は、広告代理店の方ですね?」コリガンはいった。皆一様にうなずいた。「あなたから始めましょうか」彼はデスクの前にいるオランダの酪農家にいった。「お名前は?」

「エヴァ・ベンソンです」丸々とした女性は、丸々とした感じの声でいった。「ミセス・エヴァ・ベンソン。この会社の受付係です」

「わかりました、ミセス・ベンソン。では、あなたは」彼はエヴァ・ベンソンの近くに座っている、とび色の髪の女性にいった。

「ワンダ・ヒッチー」彼女はいった。ルーベンスの絵画のモデルのような体格で、あらゆる方向に膨張している。見た目は悪くない。情熱的な唇と、しばしばそれにつきものの冷たい瞳が好みなら。自分をクレオパトラの生まれ変わりと信じているタイプだ。「アダムズ広告代理店の文書係よ」

「わかりました、ミス・ヒッチー。あなたは?」彼はだしぬけに、宙ぶらりんといって口火を切った冷たそうなブロンドに向かっていった。わざと彼女を最後に残したのだ。

「サリー・ピーターソン」彼女はいった。

「あなたは何をしているんです、ミス・ピーターソン？」

「このクリエイティブなソーセージ工場で、美術スタッフをやっているわ」洗練されたゆっくりとした口調が、皮肉な話しぶりに変わる。「そういうこと、警部。うちは並の広告代理店じゃないの」

「ほう？」コリガンはお手上げだという気分でいった。

「尊敬すべき社長のミルトン・J・J・アダムズは、その天才的発想から、このあたりではJ・Jで通っているの。彼はいつも、スタッフとのおしゃべりで教えてくれるわ。わたしたちの使命はマウスウォッシュや消臭剤を売ることではなく、悪臭ふんぷんたる世界に——どんなものであろうと——菌のない衛生的な文化を広めることだって。コマーシャルソングはJ・Jによれば本物の詩なの。性格づけの終焉というわけ」

「なるほど」コリガンは途方に暮れていった。

「行方不明の人物がふたりいます」若い巡査のコーツが、突然いった。「マロニーとわたしが到着したときにいた男性ふたりが、今はいません」

「そうなんです」マロニー巡査が不安そうにいった。「ほかの人たちとここにいるようにいったのですが」

「その人たちはどうしたんです？」コリガンはブロンドに訊いた。

彼女は小馬鹿にするような、金属的な声でいった。「外に出て、わたしたちに食べ物と蠟燭を持ってくるといってくれたの」

「そろそろ帰ってくるわ」とび色の髪のクレオパトラ、ワンダ・ヒッチーがいった。「出ていってから、ゆうに四十五分は経っているから」

「銃が撃たれたとき、ほかにこの階にいた者は？」

ブロンドがいった。「トニーとジェフ、ワンダ、エヴァとわたしは、まだ勤務中だったわ――ほかの人たち、つまり、うちの会社のほかの人たちは帰っていた」

「あなたの会社では、ミスター・クラフト？」コリガンは猟犬のような顔でソファに座っている、きちんとした感じの男性に訊いた。

「エヴェレットおじさん――ミスター・グリズウォルドのことです、警部――は、四時半に会社を出ました」宝石商は神経質そうにいった。「あとは、グリズウォルド宝石で働いていたのはラヴァーンとぼくだけでした。そうだよね、ラヴァーン？」彼は尋ねた。あたかも、コリガンに正確性を疑われるのではないかというように。

白髪交じりの簿記係は、意外なほど硬い声でいった。「そうです。その通りです」まるで数字の合計を訊かれたかのように。ミス・トーマスの可能性はある、とコリガンは思った。

「あなたの会社は、ミス・グレイヴス？」彼はアイルランド女性にいった。「残っていたのは、あなたと故人だけですか？」

「ええ、警部《サー》さん。事件が起こったとき、まだここにいたのは、あとはトニーとジェフだけです」

トニーとジェフというのが、食料と明かりを求めて漆黒のジャングルに出ていったふたりなのだろう。彼らが全体図のどこに当てはまるかは、戻ってくるのを待ってからだ。今、それよりもコリガンが興味を持ったのは、シビル・グレイヴスがそこにいないふたりを、違う会社の人間なのに気安く名前で呼んだことだった。明らかに、この事件には社交的な観点がある。二十一階の三つの会社の従業員は、多かれ少なかれお互いをよく知っているということだ。

彼はまた、集まった人々が眼帯にどう反応するかに興味を持った。職業上、彼が会う人々の反応は、大まかに三つに分かれていた。自意識過剰なあまり無視しようと努力し、じろじろ見るのと同じになる反応。好奇心を隠さない無神経な反応。そして数少ないが、それを眼鏡や補聴器と同じように受け入れる反応。アダムズの美術スタッフであるサリー・ピーターソンと、シビル・グレイヴスを除く全員が、自意識過剰タイプだった。ブロンドのピーターソンは好奇心むき出しのタイプ。そしてアイルランド女性——彼はそれに気づいて喜んだ——だけが、眼帯をありのままに受け入れるタイプだった。

コリガンはブロンドを挑発することに決めた。

「いなくなったふたりの男性とは誰です、ミス・ピーターソン?」

「誰って、どういう意味?」今では彼女は、気に障るほど眼帯を見ていた。理由はわかる。朝鮮で失った片目に対する反応を彼が見ているのに気づいたためだ。明らかに、反応を見られるのが気に入らないらしい。

「いった通りの意味ですよ。あなたがトニーとジェフと呼んだ男性です。フルネームは何というんですか？」

「ああ。どうしてそういってくれないの？　トニー・ターンボルトとジェフリー・リングよ」

「代理店での彼らの仕事は？」

「コピーライターよ。広告の宣伝文句を書くの。〝健康のためにミルコを飲もう〟とか〝大事なときに臭わないように――ノー・スエットをお使いください〟とか、そんな不朽の名文をね」彼女は苛立っていた。

　コリガンはにやりとするところを見せなかった。こういうタイプを征服するのは好きだった。

「ミス・グレイヴス、発砲があってから、最初に現場に来たのはあなたですね」

「ええ、警部《サー》さん」アイルランド娘はいった。その胸が、嵐の海に浮かぶ双胴船の船首のように隆起する。何てことだ、コリガンは思った。だんだんと詩人じみてきた。チャックに気づかれないようにしなくては。これから五年はちくちくいわれるぞ。

「ミス・グレイヴス、何があったか説明してくれますね」

「どれくらいさかのぼればいいかしら？」例のはっきりとしていながらかすれた声で、彼女はいった。

　今回は〝サー〟は抜きだった。コリガンはもう少しで笑顔を見せるところだった。興味を持たれていることに気づいたのだろう。女性には、男性に対するレーダーとソナーが備わっている。どうしてそんなことができるのか、彼にはわからなかった。気をつけたほうがいい。これは殺人事件で、自分の直感はどうあれ、彼女は容疑者だ。しかも一番濃厚な。

厄介なことになりそうだ。

「全体が知りたいのです、ミス・グレイヴス。どこから始めるかは、あなたが判断してください」

「今日の午後四時三十分からでは?」

「ちょうどいいようですね」彼はわざとそっけなくいった。

彼女は驚かなかった。

「ブライアン――自殺したミスター・フランク――は、グリズウォルド宝石の年次監査報告書を作成していました。いつもなら、会計士はどちらも四時半に仕事を終えるのですが、ブライアンの仕事はもう少しで終わりそうで、今日じゅうに報告書を仕上げたがっていました。今なら、もちろんその理由がわかります」

自殺するつもりだったからだといいたいのだろう。多くの自殺者がそうであるように、跡を濁したくなかったのだと。コリガンはそれにはうなずけなかった。自殺でないのがわかっていたからだ。

「わたしはブライアンが書き終えた報告書を、四枚重ねでタイプしていました」シビル・グレイヴスは続けた。「四時半に、打ち終えたページを渡して、時刻を知らせました。もうひとりの会計士のギル・ストーナーは帰宅しましたが、ブライアンはあと二ページ、タイプしてほしいといいました」

「それで残業になったんですか？」

「わたしの場合は残業にはなりません。所長のミスター・バーンズが帰っていいというまで会社にいなくてはなりませんし、それはたいてい五時頃のことですから。四時半に上がるのは会計士だけです。ミスター・バーンズはまだオフィスにいたので、どのみち残っていなければならなかったんです」

「続けてください」

「最後のページを打ち終えたのは、五時十五分くらい前のことでした。まだそれをタイプしている間に、ブライアンは隣に電話をかけ、ハウィー――ここにいるミスター・クラフトです――に報告書ができ上がったと知らせました。ミスター・クラフトはここまで取りにきました。そして、しばらくブライアンとオフィスにいました。彼とブライアンが出てきたのは、ちょうど五時五分前でした。ブライアンはハウィー・クラフトを事務所の入口まで見送り、オフィスに戻ってドアを閉めました」

「その通りです」宝石商が急いで口を挟んだ。「つまり、ぼくが出ていったときにはミスター・フランクは生きていたということです。彼の自殺のことは、ぼくには何もわかりません。何ひとつ」

コリガンはそれを無視した。

「これらの出来事の時間を、どうしてそんなに正確に覚えているんです、ミス・グレイヴス？」

彼女はコリガンにアイルランド人らしい笑みを向けた。「ときどきミスター・バーンズが五時前にオフィスから顔を出して、帰っていいといってくれることがあるんです。それで、四時半が過ぎると時計ばかり見るようになってしまって。特に、やることがなくなってしまったときには。わたしは時計を見ながら、ドアが開かないかなと思っていたんです」

「わかりました」コリガンはいった。笑顔を返さずにいるのがひと苦労だった。「今日、バーンズが所長室を出てきたのは正確には何時でしたか？」

「五時きっかりです。手紙を渡されました。わたしがタイプして、彼が署名を終えたものです。そして、今夜投函してほしいといわれました」彼女は青い目をいきなり見開いた。「通路の向こうのデスクに置きっぱなしだわ！」

コリガンは思わず彼女をなだめていた。「この停電が続く限り、郵便局で仕分けは行われないでしょう、ミス・グレイヴス。ですから、わたしは心配しませんよ」彼は自分を蹴りつけたい気分だった。

「そうね」彼女は半信半疑でいった。「いずれにせよ、ミスター・バーンズは帰宅し、わたしは手紙を出す用意をしました。帰り支度をしようとしたとき――最後に時計を見ると、五時三分過ぎでした――会計士の部屋から銃声が聞こえました」

「すぐに見にいったんですか？」

それは重要な質問だった。その答えで、彼女が馬脚を現すかもしれなかったからだ。銃声がして、閉じたドアに向かい、開ける——それにはほんの数秒しかかからないだろう。何者かが会計士のオフィスで銃を撃ち、机を離れて窓のひとつへ行き、張り出しに下り、窓を閉めてその場を離れる。そのすべてを、彼女が部屋を覗くまでにできるはずがない。コリガンは不安とともに答えを待っているのに気づいた。彼女は墓穴を掘るだろうか？

ほっとしたことに、彼女はこういった。「入れないいまま何年も過ぎたような気がしました。馬鹿みたいに、口を開けてその場に立っていたんです。いったい何だろうと思って。つまり、銃声だとは思いましたが、頭で否定していたんです。なぜあそこでブライアン・フランクが銃を撃つのか理解できませんでした。でも、あまりにも大きな音だったので、バックファイアではないと思いました——二十一階下の通りから聞こえる音だとは。一世紀にも思える時間が経ってから、ようやく勇気を振り絞り、ドアを開けて中を見ました。すると、テーブルの下にブライアンがいたんです……全部、全部……」彼女は肩をすくめた。コリガンがめったに見ないしぐさだ。本当らしく思える。コリガンは心の中でつぶやいた。間違いない。そして、なぜ自問自答しているのか不思議に思った。

「わかります」気づけば、彼はそういっていた。彼女を安心させようとしているとは！　さらに悪いことに、こんなふうに続けていた。「こういうことはめったにないんですよ、ミス・グレイヴス。女性の説明というのは、たいていちんぷんかんぷんで」

「ありがとう」シビル・グレイヴスは静かな声でいった。やってしまった！　彼女はあの深い青色の瞳で、若い母親が赤ん坊を見るような目で彼を見ている。ちくしょう！

サリー・ピーターソンが助け舟を出した。「ああ」ブロンドは煙草に火をつけながらいった。

「コリガン警部は女嫌い《ミソジニスト》なのね」

「え、何？」ワンダ・ヒッチーが聞きたがった。

「それは違います、ミス・ピーターソン」コリガンがいった。「わたしは女性が好きです。しかし、だからといって理解しなければならないわけじゃない」彼はシビルに向き直った。今では完全に事務的になっている。「いいでしょう。では、あなたがその部屋に入る前に、しばらく間があったということですね。どれくらいの時間だったかわかりますか、ミス・グレイヴス？」

「さっきもいったように、永遠にも感じられる時間でした。でも、三十秒にもならなかったと思います」

張り出しから逃げるには十分な時間だ、と彼は思った。

シビル・グレイヴスが本当のことをいっていれば。

そして、殺したのが彼女でなければ。

6

コリガンは沈黙が続くに任せた。それから、だしぬけにいった。「この件は自殺として報告されています。あなたは、ブライアン・フランクが自分で自分を撃ったと判断したのですか、ミス・グレイヴス？」

アイルランド娘はかぶりを振った。「トニー・ターンボルトにその理由を指摘されるまでは、思いも寄りませんでした。それまでは、ブライアンが間違って自分を撃ったとばかり思っていました」

「ほう？　なぜそう思ったんです？」

「ブライアンが落ち込んでいたとか、動揺していたとかいう気配がなかったからです、警部。反対に、数分前まではとても陽気でした。だからわたしは、彼が銃で遊んでいたか、掃除か何かをしているうちに、偶然発砲したのだと思いました」

「なぜトニー・ターンボルトは自殺と考えたのでしょう？　ターンボルトが何といったか覚えていますか？」

「ええと、トニーは、銃弾が下向きに発射されているといったんです。だから、銃はブライアンの頭の少し上にあって、銃口が彼のこめかみに下向きに当てられた状態で発砲されたと。トニーによれば、偶然ブライアンがそんな位置に来るのはありえないということでした。つまり、わざと自分の頭を狙ったとしか考えられないと」

オフィス探偵の類か。コリガンは不愉快に思った。この手の事件には、たいていこういう輩が出てくる。それでも、ターンボルトが論理的にはるかにありそうな説を避けたのは興味深い。被害者以外の人間の手が銃を持ち、発砲したという説を。今はここにいないターンボルトに会うのが楽しみになってきた。

「銃のことをおっしゃいましたね、ミス・グレイヴス――ブライアン・フランクが遊んでいたか、掃除をしていたと――まるで、彼が身近に銃を置いていても驚かないという感じでした。彼がオートマチックを会社に置いていると知っていたのですか？」

「そういう意味じゃありません！　自殺じゃないと思ったのは、ブライアンが陽気だったからです。殺人のはずがないのもわかっていました。だって、彼は会計士の部屋にずっとひとりでいたんですから――つまり、あまり考えずに、そう思ったんです――それで、当然事故だと思って。ブライアンが会社に銃を置いていたなんて、今日初めて知りました」

「では、これまでその武器を見たことはないのですね？」

シビルは首を振った。「彼はロッカーに入れていたのでしょう。ギル・ストーナーとブライアンには、それぞれ専用のロッカーがありましたから」

コリガンは周囲を見回した。「ここにいる方で、前に銃を見たことは？」

誰も見ていないようだった。コリガンはハワード・クラフトとラヴァーン・トーマスが、つぶやきさえも漏らさなかったことに注目した。

「あなたがたは？」彼はふたりにいった。

「ブライアンが自殺したことは、停電になってから知りました」クラフトがいった。「銃は見ていませんん。ブライアンが銃を持っているのを見たことはありませんでした」

「わたしもです」グリズウォルド宝石のオールドミスの簿記係がいった。

「ほかの場所で見たかもしれません」コリガンがいった。「おふたりには、あとでそれを見てもらいます」彼はアイルランド人のブルネットに向き直った。「死体を見たとき、最初にどう反応しました、ミス・グレイヴス？」

「わたしの反応ですか？」

「ええ。どう思いました？　何をしました？」

「ええと、ショックで呆然としてしまって――」

「そうでしょう。しかし、声はあげましたか？　悲鳴とか？」

「悲鳴？」シビルはシルクのような茶色い眉を上げた。「女性が死体を見つけたとき、本当にそんなことをするものなんですか、コリガン警部？」

「する人もいます」コリガンがいった。「しかし、今の答えから、あなたがそのひとりでないことはわかりました。あなたは何をしましたか？」

「助けを呼ぶために通路に出ました。ブライアンに応急手当てをしてもらおうという、理屈に合わないことを考えていたのだと思います。彼の頭と顔の恐ろしい傷跡を見れば、手のほどこしようがないのはわかっていたのに。とにかく慌てていたのでしょう。ジェフ・リングがいて、エヴァと話をしていました」彼女は丸々とした受付係のミセス・ベンソンに顎をしゃくった。「ジェフとエヴァは一緒に通路を横切り、ブライアンを見てくれました。数分後——いいえ、数秒後——に、トニー・ターンボルトが駆けつけました。しばらくして、サリー・ピーターソンとワンダ・ヒッチーも加わりました」

コリガンは黙りこくった人々をぐるりと眺めた。「この階の人たちを、みんな名前で呼んでいるようですね、ミス・グレイヴス。どうしてですか？」

「どういう意味です？」シビルは苛立ちの気配を見せていった。

「普通、ニューヨークの人たちはそれほど親しくはありません。マンハッタンのオフィスビルのほとんどでは、隣の会社で働いている人たちの苗字すら知らないものですよ」

女性はアイルランド人らしい顔を上げた。「別に深い謎ではありません、コリガン警部。グリズウォルド宝石もアダムズ広告代理店も、わたしが働いているバーンズ会計事務所の顧客なんです。仕事上、よく顔を合わせます。特に同じ階にいるものですから」

「まあ、仕事上のつき合いとは限らないけれど」サリー・ピーターソンという冷ややかなブロンドが、ゆっくりした口調でいった。「素敵な海賊さんに、はっきりいっておいたほうがいいんじゃない？　この階では異種交配が行われているのよ、警部」

コリガンはワンダ・ヒッチーを見た。広告代理店の艶めかしい文書係は、色っぽい唇から女性らしからぬ言葉を吐いた。緑の目が、広告代理店のブロンドの美術スタッフに同じメッセージを伝えている。コリガンはその線を追及しようと思ったが、やめておくことにした。彼は秩序だった順番で証拠を積み上げていくほうが好きだった。たびたび脇道にそれれば、目的を見失うことになる。

彼はシビルにいった。「あなたは五時三分に銃声を聞いたのに、警察には五時半まで通報がありませんでした。なぜそれだけ遅れたんです、ミス・グレイヴス？」

「その時間がなかっただけのことです、警部。トニー・ターンボルトは遺体から距離を置いて歩き回り、何が起こったかを再現していました。ちなみに、誰も何にも触れていません。トニーがみんなに、ブライアンの死体に近づかないようにいい、彼自身、ブライアンにも銃にも触れませんでした。ただ、しばらくそばにしゃがみ込み、調べていました」

コリガンは、ミスター・ターンボルトを見たとたん、虫唾《むしず》が走るに違いないと思った。アマチュア探偵は大嫌いだ。大概がパーティの主役になりたがるタイプだ。そして、その熱心さで重要な手がかりを台無しにしてしまうことも一度ならず知っていた。少なくともそいつには、自分が対処できないことには手を出さないだけの常識があった。P38の安全装置がかかっていることの重大さを見過ごしていた――あるいは、まったく気づかなかった――事実については、コリガンは彼を責められなかった。ベテランの巡査も、いうまでもなく若いコーツも、それを見過ごしていたのだから。

「その茶番劇が三十分近くも続いたというんですか、ミス・グレイヴス？」

「いいえ、その最中に、明かりが消えてしまったんです」

「それで、いわばスポットライトが、気の毒なブライアンから取り上げられたというわけよ」サリー・ピーターソンが指摘した。「そしてもちろん、そのときもトニーが仕切ったわ」

「彼はわたしたちみんなを、バーンズ会計事務所の応接室に行かせたの」アダムズ広告代理店のとび色の髪の妖婦、ワンダ・ヒッチーがいった。「蠟燭や懐中電灯を探すのに、しばらく時間がかかったのよ」

アダムズの受付嬢、ミセス・ベンソンがいった。「もうひとりのコピーライターのジェフ・リングが、ようやく懐中電灯を探し当てました、警部。それからサリー——ミス・ピーターソン——が、彼女のスタジオで蠟燭を見つけました」彼女は受付のデスクの上の、消えた蠟燭を指した。

「その頃には、十分か十五分は経っていたわ、警部さん」ブロンドの芸術家が続けた。「明かりが見つかってすぐに、トニーが警察に電話したの」

「誰か、ぼくの噂をしているのかな？」ドアのほうから声がした。

大きな紙袋を携えた男がふたり、そこに立っていた。コリガンは話し手の男を興味深く観察した。トニー・ターンボルトは三十代前半、温厚そうで愁いを帯びたハンサムだ。身長は、ほとんどの女性が見上げなくてはならない高さで、口元は常に半笑いを浮かべているが、必ずしも楽しそうではない。女性にかけては精力旺盛なクマネコというところか。コリガンは彼にそんなあだ名をつけた。彼が自分のことを、女性に対する神からの贈り物だと考えているのは間違いない。『プレイボーイ』を定期購読し、ヒュー・ヘフナー（『プレイボーイ』の発行者）の行動パターンを真似ている――現に、彼はヘフナーに少し似ていた。サリー・ピーターソンのいう、二十一階の異種交配という意味がわかりかけてきた。もしそうなら、アダムズ広告代理店のコピーライター、ターンボルトは、種馬の筆頭だろう。

彼の同僚の、ジェフ・リングというコピーライターとおぼしき男は、また別の種族だった。四十代も終わりで、腹回りに関してはあきらめて久しく、アメリカ先住民の赤ん坊のような顔は、顎が二重になっていた。彼の精神生活は、おそらくターンボルトとおなじくらい好色なのだろうが、手強いトニーが競争相手ではまるで望みがなかった。

ふたりとも帽子をかぶり、トップコートを着ていた。ターンボルトは懐中電灯を持っていた。彼はコールマンのランタンを見ると、それをトップコートのポケットに押し込んだ。

二人組は木のスイングドアを押し、デスクの上に紙袋を置いた。このときになって初めて、ターンボルトはあたりを見回し、コリガンの眼帯を冷静に見た。

「ニューヨーク市警本部のティム・コリガン警部でしょう」彼は注意深く練習を重ねた、低く男らしい声でいった。

「その通り」コリガンはいった。「どうしてわかったんです？」

「ぼくは警官マニアといったところでしてね」ターンボルトはいった。「その眼帯であなただとわかりましたよ」彼は手を出しながら近づいてきた。「トニー・ターンボルトです」

コリガンは差し出された手に触れ、離した。ターンボルトは、すぐにその手をチャック・ベアに向け、いぶかるような顔をした。

「チャック・ベアです」私立探偵はいった。「ここにいる警部の単なる友達ですよ。無視してください」

もうひとりのコピーライターが、ジェフリー・リングだと自己紹介した。彼は握手の手を差し出さなかった。びくびくしているようだ。ふたりはコートと帽子を脱ぎ、部屋の反対側にあるクロゼットにかけた。

「何を買ってきてくれたの?」サリー・ピーターソンが訊いた。

「中華だ」ターンボルトは、それ以上コリガンに愛想を振りまかずにいった。「エッグフーヨン、チャプスイ、チャーハン――フルコースだ」

「通りは見物だぞ」リングがいった。「この世の終わりみたいだ。そうかと訊かれれば、たぶんそうだろう」

「だったら、月が照っているうちに干し草を作ろうじゃないか（Make hay while the sun shines＝善は急げのもじり）」ターンボルトは女性たちの集団に陽気にウィンクしていうと、ふたつの紙袋の中身を出しはじめた。いい匂いのするボール紙の容器、紙皿、ナプキン、プラスチックの食器類、スコッチのボトル二本、バーボンのボトル三本とウオッカ一本、酒を割る飲物のボトル数本。セロハンの袋に詰まった角氷、それから長さ一フィートの蠟燭が六本。

「まるでパーティの支度ね」サリー・ピーターソンがいった。「あるいは、お通夜《ウェイク》の」

「ブライアンはアイルランド人じゃなかったかな？（ウェイクはアイルランドの通夜で、死者の思い出を語りながら楽しく飲み明かす）」ターンボルトはにやりとして、シビル・グレイヴスにいった。

「彼と家系図を比べたことはないわ」アイルランド娘は、黒髪を払っていった。すると、彼女もトニー・ターンボルトが嫌いなんだな。コリガンはそれを喜んでいる自分に気づいた。

「いいかい、もし二十一階分の階段を上り下りしなくてはいけないのなら、ジェフとぼくは一回きりにしたほうがいいと思ったんだ。いずれにせよ、噂ではこの停電はずっと続きそうだからね」ターンボルトはコリガンをちらりと見た。「食事に取りかかってもいいですよね、警部？　何が嫌いって、冷めた中華ほど嫌なものはない」

「どうぞ召し上がってください」コリガンはいった。「わたしは本部に連絡しなくてはなりません」

「あなたとミスター・ベアも一緒にどうです？　軍隊ひとつ分くらい買ってきましたから」

「ありがとう。しかし、もう済ませましたので」

「お巡りさんは？」ターンボルトはふたりの制服警官にいった。

ふたりはひもじそうな顔でコリガンを見た。「きみたちは夕食をとったのか？」

「いいえ」マロニーが即答した。

「今夜はよそでは食べられないだろう。ご馳走になるといい」彼はコピーライターにいった。「蠟燭をつけたほうがいいですよ。コールマンはわたしが持っていきますから」

ターンボルトは三本の蠟燭に火をつけた。灰皿を蠟燭立てにし、溶けた蠟でくっつける。彼はそれを、部屋の三カ所にばらばらに置いた。

コリガンはランタンを持って通路に出ると、バーンズ会計事務所の応接室に引き返した。チャック・ベアがぶらぶらとついてきた。コリガンはシビル・グレイヴスのデスクにランタンを置き、本部に電話した。話し中だった。もう一度かけたが同じだった。何とか責任者をつかまえ、身分を明かして、問題を説明した。彼女はどうにかしてつないでくれた。本部が出ると、彼は刑事局を呼び出した。

サム・スウィーニーが出た。「今、バーンズ会計事務所にいる。殺人課のチームをよこしてくれ。これは自殺じゃない。殺人だ」

「ほう？」夜警指揮官はいった。「そうなると、きみが殺人事件の担当になるしかないな、ティム」

「どういう意味だ？」コリガンが訊いた。

「すでに捜査されている事件に、殺人課を送ることはできない。全員、階段を上りに出ているんだ。殺人課につなぐから、状況を報告してくれ。だが、どうにもならないだろうな」

コリガンはうめくようにいった。「わかったよ、サム。つないでくれ」

交換手が出て、スウィーニー警部はコリガンを殺人課につないだ。デイヴ・ベンダー巡査部長が出た。

「ティム・コリガンだ、デイヴ。自殺の通報があったバウアー・ビルディングにいる」

「ああ」殺人課の警察官がいった。「名前はブライアン・フランクですね。スウィーニーがあなたを行かせた。何か報告は、ティム？」

「ひとつの点を除けば、自殺と思われる。死んだ男は、脳味噌を吹っ飛ばしたあとで銃に安全装置をかけているようだ」

「気のきいたやつですね。あなたが担当してくれてよかった。全部お任せします。ここには誰もいないので」

「応援が必要だ、デイヴ」コリガンはいった。「鑑識官、指紋採取係、写真係、監察医、それにいうまでもなく、死体運搬車も」

「冗談でしょう。二十一階にですか？」

「わたしは上ったぞ」

「停電が起きてから、すでに二件の事件で、鑑識と堂々巡りをやってるんです。六階までなら装備を運ぶそうです。それ以上は、電力が回復するまで後回しになります。間に合わせでやってもらうしかありません、ティム。死体安置所の連中が二十一階から籠を下ろすと、本気で思ってはいないでしょう？」

「監察医は？」

「忙しすぎて、遺体を見るためだけに階段を上っていられません。ベルヴュー病院は交通事故と、暗闇のせいで階段から落ちた患者でいっぱいなんです。お産だの酔っぱらいだのといった、いつもの患者はいうまでもなくね。しかも、あそこの非常用電源は限られています。人命救助なら医者を送ることもできます。しかし、そいつが死んでいるのは、電気がついたあとも変わりないでしょう」

「何の応援にもならないじゃないか。なぜわざわざ電話したんだか」

「連絡は常に歓迎ですよ、警部」ベンダーは明るくいった。「いつでも電話してください。応援以外のことなら、何なりと」

「くそったれ」コリガンはそういって電話を切った。

「何か問題でもあったか？」チャック・ベアが訊いた。

「ひとりでやらなきゃならない」コリガンはぶつぶついった。「間に合わせでやれとさ」

「シャーロック・ホームズのガス灯時代に逆戻りか」赤毛はにやりとしていった。「ただし、ガスはないが。手足となって働いてくれる科学捜査員がいなければ、あんたたち天才はどうするのか、たびたび疑問に思っていたんだ。自分の頭だけで事件は解決できると思うかい、警部？　頭がいくらかでもあればの話だが」

「おまえもくそったれだ」コリガンはコールマンをつかみ、ドアへ向かった。

「やつはどうする？」ベアは太い親指を、会計士の部屋の閉じたドアに向けた。

「そのままにしておく」

「今が八月の半ばでなくてよかったな。あの朝鮮の戦場の臭いを思い出すよ」

「そうだな」コリガンはぶっきらぼうにいい、通路を横切った。

7

広告代理店の応接室では、種々雑多な容疑者が二度と食べ物にありつけないとでもいわんばかりに、蠟燭の明かりの中でがつがつと食事をしていた。これらの人々が生まれ持った習慣や制約が、災害の影響下で徐々に崩れてゆくのを見るのは面白そうだとコリガンは思った。ふと、停電のおかげでやりやすくなったのかもしれないという考えが浮かんだ。現場で得た心理学の知識がまったくの間違いでなければ、彼は次第にたがが外れつつある集団を調査しようとしていた。自分を追う人間と同じ時間、同じ場所にとらわれた殺人者が通常感じる用心深さは、野放図になるにつれ揺らぐかもしれない。目を開いてよく見ておかなければ。

彼がコールマンを置くと、エヴァ・ベンソンはすぐに受付係のデスクの上にあるターンボルトの蠟燭を吹き消した。

「かわいいエヴァは」ブロンドの美術スタッフが、ゆっくりした口調でいった。「下院議員にカリフォルニアのセコイア保護を訴える手紙を書くタイプね」

「無駄づかいをして何になるの、サリー?」丸々とした受付嬢はいった。電熱器のところへ行き、ティーポットに触れる。「まだ温まらないわ」彼女は不機嫌にいった。

「照明が消えただけじゃないのよ」サリー・ピーターソンが笑った。「電気は全部駄目なの。わかった?《フェアシュタント》」

オランダ人のような女性は顔を赤くした。電熱器のスイッチを切り、デスクに戻る。トニー・ターンボルトがバーボンの栓を開け、彼女の前に瓶を置いた。「こいつをやるといい。コーヒーよりも効くだろう」

「まあ……あなたったら」若い人妻はそういったが、そう悪い気はしていないようにコリガンには見えた。彼女は結婚してどれくらいになるのだろうと彼は思った。そして、この長く暗い夜と、ターンボルトの隠そうともしない興味が、彼女の結婚の誓いにどんな影響を及ぼすだろうと。

コリガンは彼らが食べ終えるのを辛抱強く待った。容器と紙皿がゴミ箱に処分されると、彼はいった。「本題に戻ります」彼は不意に振り返った。「あなたから始めましょう、ミスター・クラフト」遠近両用眼鏡をかけた、内気そうな宝石商に向かっていう。「あなたが年次監査報告書を取りにきて、五時五分前に帰っていったと、ミス・グレイヴスがいうのを聞きましたね。それに間違いありませんか？」

　クラフトは即座にいった。「ええ、ええ。まったくその通りです、警部」

　コリガンは見えているほうの目の上の眉を上げた。「あなたも時計ばかり見ている口ですか？」

「五時近くになると、いつも見ています。会社には、夜間に宝石をしまっておくための時限式の金庫があります。毎日五時きっかりにセットしなくてはならないので、自然と時計を見るようになっているのです」

　コリガンはそのことを考えた。銀行の手順についてはよく知っていたが、宝石商が時限式の鍵をかけるのに、同じ手続きを踏むことはない。それとも、そうしているのだろうか？　彼は訊いてみることにした。「時限式の鍵をかけるときには、いつも立会人がいるのですか、ミスター・クラフト？」

「ああ、います」ハワード・クラフトはいった。コリガンは、白髪交じりの小柄なミス・トーマスが、無意識のうちにうなずいているのに気づいた。「この商売では、それが一般的なやり方なんです。でないと不届きな従業員が夜中に開くようにセットし、こっそり戻って金庫の中身をさらっていきかねませんからね。おじさんが――ミスター・グリズウォルドが――五時までいるときには、彼が見届けます。今日は早く帰ったので、ラヴァーンが――ミス・トーマスが――立ち会ってくれました」

「鍵をかけたことを記録していますか？」

「もちろんです。これも一般的なことです。金庫日誌というものがあります」

コリガンはうなずいた。「では、整理してみましょう。あなたはブライアン・フランクのところを、四時五十五分きっかりに出たのですね、ミスター・クラフト。そうなると、自分の会社に戻ったのは、そうですね、四時五十六分というところでしょうか？　化粧室に立ち寄るとか何かしなければね。どうです？」

「いえ、ぼくはまっすぐ会社に戻りました。おっしゃる通りです、警部。ショールームに入ったとき、そこの時計はちょうど四時五十六分を指していました」

コリガンは小柄なラヴァーン・トーマスに向き直った。「ミスター・クラフトがバーンズ会計事務所から戻ったとき、あなたはそこにいたのですか、ミス・トーマス？」

「自分のオフィスにいました」簿記係はうなずいた。「ショールームからすぐのところです」

「完全に把握するため、会社を見せてもらったほうがよさそうですね。おふたりとも、一緒に来ていただけますか？」

彼はランタンを取り、先に立って歩きはじめた。チャック・ベアが三人のあとを追って、通路を横切った。

グリズウォルド宝石の入口で、ハワード・クラフトはポケットから鍵を出し、すりガラスのドアを開けた。全員が中に入り、コリガンがランタンを高く掲げた。

ショールームは、一般的な宝石店のものとさして違いはなかった。幅三十フィート、奥行十八フィートくらいで、ガラスのショーケースが、部屋の三方を囲むカウンターの役割をしている。入口の上の壁にかかった電気時計は、停電のあった五時十八分を指していた。シビル・グレイヴスのオフィスの壁掛け時計も、広告代理店の応接室の時計も同じ時刻を指していたことをコリガンは思い出した。つまり、三つの会社の時計は、停電が起こったときには完全に合っていたということだ。

ショールームの左右にはドアがあった。左のドアには〈プライベート〉と書かれ、右のドアには何も書かれていなかった。

ラヴァーン・トーマスは右のドアを指していった。「あれがわたしのオフィスです、コリガン警部」

コリガンはドアを開けた。ランタンの明かりで、狭くてむさくるしい部屋が見て取れた。デスクがひとつ、タイプライター・スタンド、並んだファイル棚、作業テーブル、ひどく粗末な椅子が二脚。ここには壁掛け時計はなかった。コリガンは女性の手首に目をやり、小さな腕時計がはまっているのを見た。

彼は若い宝石商にいった。「いいでしょう、ミスター・クラフト。あなたは四時五十六分に、年次監査報告書を持ってショールームに入った。ミス・トーマスはオフィスにいて、おじさんは帰宅していた。そこから時限錠をかけるまでの四分間、何をしていましたか？」

クラフトはその質問に戸惑ったようだったが、速やかに答えた。「ええと、最初に、報告書をエヴェレットおじさんのオフィスへ持っていき、デスクの上に置きました」彼は〈プライベート〉と書かれたドアを指した。

コリガンはそちらへ行き、ドアを開けて、ランタンを掲げた。羽目板張りのオフィスだった——クルミ材の羽目板は古く、手入れされていないように見えた。大きくて古風なクルミ材のデスクと回転椅子が部屋を占拠し、時代がかった茶色い革張りの椅子と灰皿スタンドが来客のために用意されていた。そのほかには、人が入れる大きさの金庫室しかなかった。金庫室は、廊下に面した側の狭い壁を占めていた。この階の大まかな見取り図を頭に描いたコリガンは、エレベーターシャフトのすぐ右側に当たるに違いないと思った。金庫を置くには最悪の場所だ。仮に外壁を強化しても、宝石窃盗団に外部からの侵入口を与えることになる——二カ所も。共用通路と、エレベーターシャフトの内側だ。エヴェレット・グリズウォルドのオフィスに忍び込む必要すらない。まあ、それはわたしには関係のないことだ。コリガンはそう思った。

彼はランタンを持ってデスクに近づき、綴じられた年次監査報告書を調べた。原本一部とカーボンコピーが二部。それぞれの表紙にはラベルが貼られ、バーンズ会計事務所のブライアン・フランク公認会計士による、事業年度十一月一日から十月三十一日までのグリズウォルド宝石の会計監査であることが書かれている。

コリガンはクラフトに向き直った。「すると、あなたはここへ来て、報告書をデスクに置いた。五時までにはあと四分あります。次は何を？」

またしても、クラフトは戸惑った顔をした。「ショールームに戻り、在庫を少し整理し直しました。それには二分かかりました。五時二分前にラヴァーンのオフィスを覗き、金庫の鍵をセットする時刻だといいました。そして、ふたりでここに戻り、五時きっかりまで待って、彼女のいる前で鍵をセットしました」

「金庫日誌を見せてほしいのですが」

クラフトはエヴェレット・グリズウォルドのデスクに向かい、中央の引き出しを開けて、布で装丁した小さな台帳を出した。最後に記入されたページを開け、コリガンに手渡す。

そのページはいくつかの列に仕切られ、それぞれに〝日付〟〝時刻〟〝設定時間〟〝立会人〟という見出しがつけられていた。最後の列はさらにふたつに分けられていた。十一月九日の欄は、午後五時、十六、そしてH・CとL・Tのふたつのイニシャルが記入されていた。

「いつもは、金庫が午前九時に開くように十六時間でセットしています」クラフトが説明した。

「もちろん週末は別で、六十四時間でセットします」

「毎朝九時に開店するのですか？」

「開店は九時十五分です。しかし、ぼくは早めに来ます――いつも一番乗りです――金庫を開けて、エヴェレットおじさんがその日に特に展示したい商品を取り出すために」

ラヴァーン・トーマスが心配そうな声でいった。「今、気づいたんだけど、ハウィー。時限装置は停電の間は止まっているんじゃないかしら」

彼女は壁の時計をちらりと見て、動いていないことに気づき、首から下げていた読書用眼鏡を鼻にかけて腕時計を見た。文字盤に細密画をほどこした、繊細な婦人物の腕時計だった。

「七時三十五分」簿記係はいった。「つまり、停電してからもう二時間二十七分過ぎているわ。今すぐ復旧したとしても、明日の朝、十一時以降にならないと開けられない。ミスター・グリズウォルドは何というかしら？」

コリガンは自分の腕時計を見た。簿記係の時計と一致している。

ハワード・クラフトは動揺したようだった。「お客様には、改めて来ていただくようにいうしかない。エヴェレットおじさんはかんかんになるだろうな」

「エヴェレットおじさんのところには、当分お客様は来ないかもしれませんよ」コリガンが指摘した。「金庫が開こうと開くまいとね。これは大規模停電で、いつ電力が復旧するかわかりません。時限錠をかけたあとは何をしていましたか、ミスター・クラフト？」

「このことがブライアン・フランクとどう関係するのかわかりません」小柄な宝石商は神経質そうにいった。「ぼくは明かりを消し、ラヴァーンとふたりで彼女のオフィスへ行って、コートを取りました――そこのクロゼットにかけてあるのです。ぼくはラヴァーンの部屋の明かりを消し、彼女と連れ立ってショールームに来て、しばらく立ち話をしました。そのとき、ショールームの明かりがいきなり消えたんです。はじめ、蛍光灯が切れたのかと思いました。しかし、通路も、この階のふたつの会社も真っ暗になっているのを見て、何か根本的な問題が生じたのだと思いました」

コリガンは白髪交じりの女性を見た。彼女はうなずいた。「たしかにその通りです、コリガン警部」

ふたりが共謀していない限り、その説明で殺人発生時の両者の完璧なアリバイが証明された。彼が探ろうとしていたのはそのことだった。容疑者を多く排除するほど、フランク殺しの犯人に近づくことになる。

彼はいった。「ミス・グレイヴスによれば、銃は五時三分きっかりに発砲されたようです。おふたりがコートを着ている頃です。どちらも銃声は聞きませんでしたか？」

ミス・トーマスは首を横に振った。クラフトがいった。「うちとバーンズ会計事務所との間にはエレベーターがありますので、警部。それに、ぼくの理解では、ブライアン・フランクの部屋のドアは閉まっていたし、バーンズ会計事務所の入口のドアも閉まっていたはずです。ブライアンが自殺したのは、誰かが何か知っているか確かめようと、手探りで通路に出るまで知りませんでした。誰かが懐中電灯を見つけ、別の誰かが蠟燭を見つけて、ようやくブライアンのことを知ったんです」

コリガンはうなずいた。「あとひとつだけ、ミスター・クラフト。あなたは彼が亡くなるほんの数分前まで、フランクの会社にいましたね。彼が何かおかしなことをいったり、普段とは違う行動を取ったりしていませんでしたか？」

クラフトは金庫日誌をおじの引き出しに戻し、引き出しを閉めて、かぶりを振った。「彼が自殺したと聞いて、本当にびっくりしました。それまではごく普通で、陽気といってもいいくらいだったからです。まだ信じられません。トニー・ターンボルトの話を聞いても、事故のほうがまだ筋が通っているように思えます」

コリガンは、それについては何もいわなかった。「彼の会社で、どんな話をしましたか?」

「監査のことです。おじに伝えてほしいことを、いくつか指摘されました」

「これで全部だと思います。バーンズ会計事務所に戻りましょう。おふたりにP38を見てほしいので」

「P38?」ハウィー・クラフトがいった。

「フランクの凶器となったオートマチックです」

「P38」クラフトは驚いているように見えた。「妙だな……」

彼はデスクの右下の引き出しを開け、中を探った。さらに、急いで別の引き出しも探す。コリガンとベアは、それを見ながら興味を募らせた。

「ない」クラフトが叫んだ。混乱している様子だ。

「何がないんですか、ミスター・クラフト?」コリガンが辛抱強く訊いた。

「おじのP38です。こんな推理はどうですか? ブライアンがエヴェレットおじさんの銃をくすね、自殺したというのは!」

コリガンはいった。「おじさんがデスクに銃をしまっていることを、なぜフランクが知っていたんです？　それ以上に、どうやってそれに手が出せたんです？」

クラフトの気弱そうな顔が赤くなった。だが、目立たない顎には、断固たるものが感じられた。「保安のこととなると、おじはいつもぼくにやらせるんです。まるでぼくが番犬か何かみたいに。とにかく、ぼくは——」彼はラヴァーン・トーマスをちらりと見て、すぐに目を背けた。「——つまり、エヴェレットおじさんが昼食に出ていたり、早めに帰ったりしたときに、ぼくがときどき男性化粧室に——あのう——手を洗いに行かなければならないときがあるんです。あるいは、ミス・トーマスのオフィスに行かなければならないときが。おじはいつもこういいます。〝ドアに鍵をかけずにショールームを離れるな〟と。生理現象に見舞われるたびに、鍵をかけろというんですか？」コリガンは自分の耳が信じられなかった。こんな女っぽい言葉が使われるのを聞いた記憶はない。まっとうな人々と縁がないからだろうと彼は思った。「ですから、ショールームが二、三分ほど留守になることはときどきあるんです。そんなとき、おじが昼食に出かけていれば、ブライアンはこっそりオフィスに入ることができます」

「わかりました」コリガンはいった。「しかし、そもそもあなたのおじさんがここに銃を置いていることを、フランクはどうやって知ったのでしょう？」

意外にも簿記係が答えた。「二十一階の人はみんな知っています、コリガン警部。泥棒騒ぎがあったので」

「泥棒が入った？　いつ？」

「二週間前です」クラフトがいった。「覆面をした二人組が、ぼくに銃を突きつけました。そのとき、ショールームにはぼくひとりでした。ぼくが両手を上げているうちに、エヴェレットおじさんがドアを勢いよく開け、ビリー・ザ・キッドよろしく銃を撃ちまくったんです。賊のひとりは銃を持った手を、もうひとりは脚を撃たれました。あとになって、賊が持っていたのはおもちゃの拳銃だったとわかったのですが、エヴェレットおじさんはそのことを知りませんでした。階の人たち全員が、この騒ぎを見ようと集まってきて、その中にブライアン・フランクもいました。警察が来たのですが」クラフトは苦々しげにいった。「おじはちょっとした役者で――常に注目の的になるのが大好きなもので――」

「それは本当です」ラヴァーン・トーマスが口を挟んだ。薄い唇が歪んでいる。

「――いつだって〝撃ち合い〟に応じてやるといいました。それが口癖でしてね。ぼくにいわせれば、テレビの見すぎなんです。一番好きなのが『ガンスモーク』で。いずれにせよ、おじが銃を持っていて、どこにしまっているかをブライアンが知ったのはそういうわけです」

コリガンは眉をひそめた。通路を挟んだところにいる連中は、なぜ誰も銃のことをいわなかったのだろう？　少なくとも宝石商が持っているものと似ていると指摘しなかったのはなぜなんだ？

「おじさんは、警察署に武器を登録していますか、ミスター・クラフト？」

「ええ、もちろん。携帯許可も持っています。持ち歩くことはありませんが」

コリガンはいった。「おふたりとも、ありがとうございました。ほかの人たちのところへ戻って構いません」彼はベアに向かって顎をしゃくった。「来てくれ、チャック。あのP38をもう一度見たい」

8

コリガンは死者のいる部屋の床にコールマンのランタンを置き、屈んでP38のフレームに書かれたシリアルナンバーを見た。それを手帳に書き写し、ふたたびランタンを持って応接室に出る。そこから本部に電話をかけ、銃登録課を呼び出した。

巡査部長が応答した。

「本部のコリガン警部だ。登録されていると思われるドイツ製のP38について確認がしたい」彼はシリアルナンバーを読み上げた。しばらく間があって、巡査部長が戻ってきた。

「エヴェレット・グリズウォルドの名前で登録がありました。バウアー・ビルディングにある、グリズウォルド宝石の社長です。携帯許可もあります」

コリガンは礼をいって電話を切った。「確かにグリズウォルドの銃だったよ、チャック。連中のところに戻って、見覚えがあると誰もいわなかった理由を訊いてみよう」

始まっているな。ベアとともにアダムズ広告代理店の入口に立った彼は思った。

電熱器が置いてあるテーブルは、即席のバーに変わっていた。スコッチのボトル、バーボンのボトル、ウオッカのボトルは封を切られていた。プラスチックのカップがハイボールグラスの代わりになっている。酒のボトルは、見てわかるほど減りはじめていた。誰もが笑い、話し声は少しばかりヒステリックな調子を帯びていた。通路を挟んだ向かいに死体があるとはとうてい思えない。マンハッタンのオフィスビルで、蠟燭の明かりで過ごす時間は、夜ごと開かれる大パーティの様相を呈していた。

ふたりの巡査は壁に寄りかかり、うらやましそうにそれを見ていた。コリガンは彼らを気の毒に思った。特に年長のマロニーは、足が痛そうな顔をしている。彼自身、バーボンを一杯やったほうがよさそうだ。

ひどい夜になりそうだと、コリガンは思った。

コピーライターで、二十一階の恐るべき子供《アンファン・テリブル》のトニー・ターンボルトは、トランジスタラジオの局を次々と変えていた。明らかにダンスバンドの音楽を探しているようだが、停電に関する役にも立たない情報の焼き直しばかりだった。沿岸地域のほとんどが被害を受けている模様だ。原因はまだはっきりしていない。電力会社の担当はほとんど語らないか、取材不能になっていた。マンハッタン島では大渋滞が起きている。

「もう、そんなことはわかってるわよ」ワンダ・ヒッチーが、あきれたようにいった。「音楽をかけてくれない、トニー？」彼女はターンボルトのそばに立って、即興のフルーグ（ツイストから派生した、腰と腕を激しく動かすダンス）なのか何なのか、腰を振りながら待っていた。だが、コリガンはもうひとりの太り気味のコピーライター、ジェフ・リングのほうに興味を惹かれた。リングはシビル・グレイヴスを見て舌なめずりをしていた。唇についたウオッカを舐めているわけではなさそうだ。アイルランド娘は彼を無視していたが、完全に意識しているのがわかった。

彼は仕切りの上にランタンを置いた。「それを消してください、ミスター・ターンボルト」

「まだ始まったばかりですよ、警部」ターンボルトは反論した。「アイルランドのお通夜に出たことはないんですか？」

「捜査が終わるまで、パーティはお預けにしてもらいましょう。消してください」ハンサムなコピーライターは肩をすくめ、いわれた通りにした。「さて、みなさん、腰を下ろしてわたしの話を聞いてください」

ヒッチーが怖い目で彼を睨んだが、全員が腰を下ろした。コリガンは険しい顔で彼らを見た。

「キャプテン・キッドはおかんむりのようね」サリー・ピーターソンがいった。「今度は誰が何をしたというの、警部？」

コリガンは見えるほうの目で、ブロンドの芸術家を眺め回した。しばらくすると、彼女は目を背けた。

「わたしはたいへん怒っています」コリガンは鋭くいった。「どうして誰も、あのＰ38を二週間前に見たといわなかったのですか？　ミスター・グリズウォルドがどこに置いていたか知っていると？」

トニー・ターンボルトが驚いたような声でいった。「ブライアンはグリズウォルドの銃を使ったというんですか？」

「そうです」

二一〇三号室のカサノヴァは肩をすくめた。「それが同じ銃だと、ぼくたちにどうしてわかります？　ぼくの場合は、ブライアンがロッカーに入れておいたものだとばかり思っていました。P38なんて、みんな似たようなものでしょう？」

彼のいうことはもっともだった。

「それでも、そのことを話してもよさそうなものでしょう」

サリー・ピーターソンがいった。「わたしには、銃はみんな同じに見えるわ。P38って、飛行機だと思ってた」

「古いわね、あなた」ワンダ・ヒッチーがくすくす笑った。「P38は、第二次世界大戦の頃の飛行機よ」

サリーは色っぽい文書係に、人を殺せそうな笑みを向けた。「これが自殺じゃなくて殺人だとしたら、あなたが疑われることはまずないわね。銃で撃つ代わりに、爪で引っかき殺すでしょうから」

コリガンは無理やり話を元に戻した。ジェフリー・リングに向かっていう。「ミス・グレイヴスは、死体を発見したあとで通路を横切り、あなたとミセス・ベンソンがここにいるのを見つけたといいました。それに間違いありませんか？」

リングと太った受付嬢はうなずいた。

「おふたりは、どれくらいの間一緒にいました？」

リングは怒ったように、二重になりかけた顎を引っぱった。「まるでアリバイを確かめているみたいですね、警部。自殺なのに、なぜわれわれのアリバイが必要なんでしょうか？」

コリガンはすらすらといった。「発砲されたときのこの階の状況を、すっかり把握しておきたいのですよ、ミスター・リング。変死の捜査ではお決まりの手順なのです――事故死でも、自殺でも、殺人でもね。ところで、その答えがあなたにとって不利だと思えば、黙秘権を使って答えなくても結構です」

ジェフ・リングは驚いたようだった。慌てて受付嬢を見る。「五分くらいだったよな、エヴァ？」

「十分くらいだったと思うわ」ミセス・ベンソンがいった。「あなたがオフィスを出てくる一、二分前に時計を見たら、五時十分前だったもの」

彼らのいっていることが本当なら、容疑者はあとふたり排除されることになる。

「どちらか、銃声を聞きませんでしたか？」

ふたりとも聞いていないといった。グリズウォルド宝石と同じく、通路に面したドアは閉まっていた。バーンズ会計事務所とブライアン・フランクのオフィスもドアが閉まっていたので、このふたりと発砲された銃との間は、三つの閉じたドアとかなりの距離に隔てられていたことになる。

「それに、わたしの笑い声が大きすぎて、ほかに何も聞こえなかったんです」エヴァ・ベンソンはかすかに顔を赤らめていった。「ジェフがパーラージョークをいうものですから。わたしにいわせれば、ビリヤードパーラーのことですけど」

ジェフ・リングは馬鹿にしたような態度を見せた。サリー・ピーターソンが顔をしかめた。

「ジェフのジョークとやらで笑うなんて、エヴァ、あなた精神分析を受けたほうがいいわ」

「事件が起こったとき、あなたはどこにいましたか、ミスター・ターンボルト?」コリガンは丁寧に訊いた。

「自分のオフィスで、歯磨き粉のスローガンを考えていました」コピーライターは北側の部屋のドアを指した。「ジェフとぼくでその穴ぐらを使っているんです」

「ひとりでいたのですか?」

ターンボルトは肩をすくめた。「ジェフの話を聞いたでしょう。彼はここに、エヴァと一緒にいたと」

コリガンはまたランタンを取り、示された部屋に入った。ターンボルトとリングが使っている部屋は、ふたりだけで使うにはかなり広く、とんでもなく散らかっていた。デスクが向い合せに置かれ、それぞれ横にタイプライター・スタンドがある。

部屋は長方形ではなかった。通路側の突き当たりの壁が、大きく直角にせり出している。明らかに、共用通路に入口のあった婦人用の化粧室だろう。同じ壁に、別の一画が突き出ていた。そちらには、コピーライターのオフィスから入れるドアがあった。コリガンは近づき、中を覗いた。そこは資材置場で、会社全体で使っているようだ。

オフィスは二十一階の北西の角にあった。ブライアン・フランクのオフィスは北東で、間には共用通路がある。後ろの窓はビルの北側に当たる。高いところを恐れない人物なら、ターンボルトとリングの部屋の後ろの窓から外に出て、張り出しに沿って殺された会計士の部屋の窓から侵入するのは簡単だ。距離はそう長くはない。通りから見られる可能性もごくわずかだし、北隣のビルはコリガンのいるビルよりも十階低い。張り出しを歩くときの唯一の危険は、共用通路に面した窓の前を行き来するときに見られるかもしれないということだが、少しの用心と運があれば、その危険も取り除けるだろう。

コリガンは応接室に戻った。彼らはどこか戸惑った様子で待っていた。自殺のことで、なぜこんなに大騒ぎするのかわからないといったように。「あなたは銃声を聞きましたか、ミスター・ターンボルト?」

「いいえ」ターンボルトはすぐさま答えた。

「後ろの窓は開いていましたか?」調査の際に、コリガンは後ろの窓が閉まっていたのに気づいていた。

「この陽気では開けませんよ。ぼくが聞いたのは、ジェフのお粗末なジョークでエヴァが笑った声だけです。彼女は途中で笑いをやめ、シビルの興奮した声が聞こえてきました。そこで応接室に出たんです。三人は通路に駆け出しました。ぼくは何があったのかと思って、そのあとを追いました」

「なるほど、それではっきりしました」コリガンは無表情で、片目は機関車のヘッドライトのように、まばたきひとつしなかった。その目がブロンドに向いた。「それで、あなたはどこにいましたか、ミス・ピーターソン？」

「スタジオよ」芸術家はそういったあと、肩をすくめた。「ついでにいえば、たったひとりでね。だからアリバイは証明できない。なぜ証明しなくちゃいけないか見当もつかないけれどね、警部さん。あなたは自分のしていることがわかっているでしょうけれど、わたしにはわからないの」

「スタジオを見せてください」

彼女はまた肩をすくめ、立ち上がって、応接室の南の壁をふたつに分ける廊下の入口へ向かった。コリガンは仕切りのスイングドアを押し開け、ランタンを持ってついていった。

今回は、チャック・ベアはついてこなかった。コリガンは彼がにわか作りのバーの酒を見ているのに気づき、この大男がうらやましくなった。チャックはウィスキーを一杯やるつもりだ。やってはいけない理由はない。彼の職業には、飲んではいけない規則はないからだ。運のいいやつだ。コリガンは思った。

女性芸術家はコリガンを先導し、共用通路と並行した廊下を歩いた。両側にはオフィスが並んでいる。ふたりはまもなく、ふたつのドアを通り過ぎた。左側のドアには何も書かれていなかった（ほかのコピーライターのオフィスなのだろうとコリガンは思った――その考えは、ピーターソンによって裏づけられた）。右側のドアには〈取引先担当責任者　チャールズ・ハーダー〉と刻印されている。されに廊下を進むと、取引先担当責任者の部屋と同じ側に、ほかの部屋よりもはるかに立派なドアがあり〈代表取締役　ミルトン・J・J・アダムズ〉と書かれていた。アダムズのオフィスから廊下を挟んだ真向かいには〈美術部門〉と書かれたドアがあった。そのドアの前でサリー・ピーターソンは足を止めた。

彼女はドアを開け、先に立って中に入った。コリガンはコールマンを高く掲げた。広々としたスタジオで、通りに面した南向きの大きな窓がふたつあった。コリガンがそれを見ているのに気づいて、彼女は笑った。「J・Jには、南からじゃなくて北からの明かりがほしいといったんだけど、長期契約でこの場所を安く借りたものだから、これで間に合せろといわれたの。長くつき合ってみれば、あなたもミルトン・J・J・アダムズを好きになるわよ、警部」

コリガンは何もいわなかった。窓のひとつに近づき――窓はふたつとも鍵が開いていた――それを開け、見下ろした。張り出しがあった。

彼は窓を閉め、あたりを見回した。あちこちに作品が積み上げられていた――イーゼルに立てられたもの、床に置かれたもの、壁に立てかけられたもの。彼は窓の反対側にあるドアに気づき、その向こうがどうなっているのかを見にいった。ここもコピーライターのオフィスだった。東の壁は共用通路に面し、西の壁は広告代理店の廊下に面している。北の壁は応接室とこの部屋を隔て、南の壁はサリー・ピーターソンのオフィスと隔てている――窓はない。

サリー・ピーターソンはまたしても冷ややかな笑い声をあげた。「わたしたちはここをブラックホールと呼んでるわ」彼女はいった。「気の毒に、一日じゅう人工灯の下で働かなくちゃならないのよ。もちろんJ・Jは、人工灯のほうが太陽の光よりもいいというけれど。ああ、あなたもきっと、彼を敬愛するでしょう」

コリガンはスタジオに戻り、共用通路に出るドアへ向かった。チャック・ベアと非常階段から二十一階に出たときに、すぐ左側にあったドアに違いない。彼はそれを開けてみた。そう、通路側には何も書かれていないあのドアだ。反対側にあるのが、ラヴァーン・トーマスのオフィスに通じるドアだ。はす向かいにあるのが、二一〇二号室のグリズウォルド宝石への入口だった。彼はドアを閉めた。ドアは自動的に施錠された。

サリーは寝椅子に座っていたが、すぐに寝そべった。スカートが腿まで上がる。彼女はセクシーな脚の持ち主だった。それを見せびらかすのが癖なのだろうと思い、コリガンはにやりとした。サリーは彼を見ていた。反応を確かめているのだろう。見てろよ、ベイビー！

彼女が自殺に見せかける工作をしたとすれば、危なっかしい爪先であの張り出しを延々と歩かなければならない。つまり、彼女のオフィスにふたつある窓からスタートすればの話だ。西から北へ向かうとすればビルを半周しなくてはならず、東から北、さらに西へ向かうとすれば、ほぼ四分の三周しなくてはならない。短いほうの経路を取ったとしても、ラヴァーン・トーマスのオフィスの南と東の窓に、グリズウォルド宝石のショールームのふたつの窓、エヴェレット・グリズウォルドのオフィスの窓、さらにカールトン・バーンズのオフィスの窓を経て、バーンズ会計事務所の会計士の部屋の東側にある窓に到達しなくてはならない。人に見られる危険性は大いにある。それを別にしても、通りから二十一階の高さにある細い張り出しを、これほど長い距離にわたって歩くことのできる女性がいるとは考えられない。

もちろん、サリー・ピーターソンは共用通路に通じるドアからスタジオを出て、北の端まで通路を歩き、そこにある窓から外に出ることもできる。そうすれば、ブライアン・フランクのオフィスの北側の窓まで、ほんの数フィートだ。そのほうが理にかなっているが、あまり説得力はない。

彼は放っておくことにした。あまりにも難問すぎる。

「あなたは発砲騒ぎのことをいつ知りました、ミス・ピーターソン？」

「わたしは帰るところだったの、警部。化粧室へ化粧直しに行こうとしたとき、バーンズ会計事務所のドアが開いていて、ジェフとエヴァ、トニー、シビル・グレイヴスが、ブライアンのオフィスのドアに群がっているのが見えた。結局、お化粧は直さなかった。当然ながら、みんなのところへ行って、どうしたのか確かめようとしたのよ」

「なるほど」彼は愛想よくいった。「それではっきりしました。ほかの人たちのところに戻りましょう」

　しかし、彼女は寝椅子を動こうとしなかった。

「警部」彼女はいった。今では上半身を起こし、その拍子にスカートも下りていた。ためらうような声と真剣な表情を見て、彼女がセックスアピールについて考えているのではないのがわかった。

「何です？」コリガンは、何だろうと思いながらいった。

「さっきキャプテン・キッドといったけれど、ひどい言葉だったわね。他人の欠点を指摘するような人間を、わたしは軽蔑するわ」

「いいんです、ミス・ピーターソン。慣れていますから」

「いいえ、お願い。なぜだかわからないけれど――たぶん、このいまいましい停電のせいね――本当のわたしは、見せかけのわたしとは違うとわかってほしいの。この町で、激しい競争に勝ち残りたければ体面をつくろっていなくてはならないことは、とうの昔に学んだわ。わたしが選んだのは、世界を股にかける女性――わかるでしょう、どんなときでも皮肉を口にするような」

「そういう人にはさんざん会ってきましたよ」彼はほほえんでいった。

「本当は、警部、わたしは完全なペテン師よ。たいていは死ぬほど怯えているの。怯えれば怯えるほど、舌はわたしを裏切る。この停電が……」彼女はランタンの明かりが作る影と、窓の外に広がる単調な闇を見て、身震いした。「わたしは怖いの。ラジオがわざと嘘の報道をしていたら？」

「どうしてそんなことをしなくてはならないんです、ミス・ピーターソン？」

「たぶん、真実を隠すことでパニックを避けようとしているんじゃないかしら」

「どんな？」

「それは――」彼女の声はほとんど聞き取れなくなっていた。「――世界の終わりが近づいているとか」

「そんな大規模な陰謀はありえないと思いますがね、ミス・ピーターソン」彼はまたほほえんだ。

「それとも、こんなのはどう――第三次世界大戦というのは？」

「誰かが水爆を落としたのなら」コリガンは冷静にいった。「こんな会話を交わしてはいられませんよ」

「わかってる。わたしのこと、馬鹿な女だと思っているんでしょう。無理もないわ。でも、破壊工作かもしれない」

「その可能性はありますね。いいですか、ミス・ピーターソン、わたしたちは大人で、綱渡りの人生を送っている。誰かがわたしたちを、ふたたびしっかりした地面に下ろしてくれる方法を見つけていたとしても、まだ聞いていない。誰もが同じ苦境に立たされています。この地球全体がね。ひょっとしたら、それがわたしたちを救ってくれるかもしれない。いずれにせよ、あなたにもわたしにもどうすることもできないんです。行きましょうか？」

彼女は脚をさっと床に下ろし、寝椅子をつかんで彼をじっと見た。それから、急に勢いよく立ち上がり、笑いながらいった。「もちろんよ。もしかしたら毒ガスかもしれない。でも、三分もしないうちにまた生意気な女に逆戻りしても驚かないでね、警部さん」

「驚きませんよ」コリガンはそういって、彼女を先にドアへ行かせた。

毒ガスなのかもしれない、と彼は思った。あるいは彼の心の中に入り込み、弱みにつけ込もうという、頭のいい女の手かもしれない。彼は肩をすくめ、通路に出てドアを閉じた。

9

コリガンはワンダ・ヒッチーに、発砲時にどこにいたのか尋ねた。広告代理店の文書係は、この上なく色っぽい目で彼を見た。

「通路の突き当たりの化粧室に」彼女はいった。「出てきたとき、サリーがバーンズ会計事務所に入っていくのが見えたわ。どうしてだろうと思って覗いてみたら、みんながそこにいるから、わたしも入っていったの」

「銃声は聞きましたか、ミス・ヒッチー？　発砲されたときは、化粧室にいたかと思いますが」

「かもしれないわね。鋭い破裂音がしたような気がするけれど、そのときは何とも思わなかった。本当に、何とも思わなかったわ。どこかでドアがばたんと閉まるのを聞いても、気にしないのと同じように」

コリガンはため息をついた。「化粧室にはどれくらいの時間いましたか？」

「ああ、わからないわ、警部。たぶん数分だと思うけれど」

丸々太ったミセス・エヴァ・ベンソンがいった。「あなたは五時二十五分前に席を立ったわ、ワンダ。いつもそう。わかってるでしょう」

厚化粧の女は彼女を睨みつけた。

「そうよ」小柄なオランダ人は頑としていった。「あなたはミスター・アダムズが帰るとすぐに化粧室へ行くでしょう。あなたが毎日、最後の四十分間をさぼっていても、わたしは別に気にしない。わたしが給料を払っているわけじゃないもの。でも、数分だなんていわないでちょうだい。化粧室で何をしているのか知らないけれど――あなたがそこにいる時間で、わたしならお風呂に入って、着替えをして、お化粧をして、お昼寝だってできるわ」

オフィスの妖婦は、とび色の髪をひと房払った。「あなただって、好きに過ごせばいいのよ。あなたがどうやって男を引っかけたのか、本当にわからない。いつだって、猫が引きずってきたもののみたいに見えるんだもの」

「たぶん、誰かさんみたいにがつがつしていないからよ」小柄な受付係はいい返した。彼女は仕切りの向こうのデスクを指していった。「あれが彼女のデスクです、警部。彼女が部屋を出る時間を、気にせずにはいられないんです。わたしたちの定時は五時十五分です。でも、彼女はいつでも五時二十五分前に化粧室へ行くんです。いつでも」

コリガンは抑えるように手を上げた。停電に神のご加護を。

「化粧室にいる間に、通路に人の来る気配はしませんでしたか、ミス・ヒッチー？」

彼女はエヴァ・ベンソンを睨みつづけていた。「いいえ」彼女はぴしゃりといった。「水を流したりしていたので」

「ほかに化粧室に入ってきた人は？」

彼女は首を横に振った。

そうなるとワンダ・ヒッチーは、共用通路の突き当たりにある窓を使って、ブライアン・フランクのオフィスに入ることができる。そこは女性用化粧室のドアのすぐ外だからだ。機会という観点からいうと、アダムズ広告代理店には三人の容疑者がいることになる。トニー・ターンボルト、サリー・ピーターソン、そしてワンダ・ヒッチーだ。だが、常に頭にあるのは、それよりも疑わしい容疑者、シビル・グレイヴスのことだった。窓から張り出しに出るような奇抜な真似をしなくてもいい人物だ。

もちろん、先に会社を出た人物が戻ってきて殺人を犯し、人に見られずに逃げおおせることはある。あるいは、まったくの部外者がエレベーターでやってきて、通路の突き当たりの窓からブライアン・フランクのオフィスに忍び込み、シビルが広告代理店に助けを呼びにいく前にエレベーターもしくは通路の反対側の階段から出ていった可能性もある。

素早く考えたあと、コリガンはふたつの根拠から、最後の可能性を排除した。まず、殺人者はグリズウォルドがどこに銃を保管しているかを知らなくてはならず、部外者にそれができたとは考えにくい。もっと重要なのは、殺人者は会社の配置や張り出しが歩けることに通じていなくてはならないばかりか、ブライアン・フランクが今日は残業をしていたことを知っていなくてはならない。おそらくフランク自身、手がけている報告書を仕上げようと決めるまで、残業するとは思わなかっただろう。そのことから、容疑者はまだその階にいた人々と、先に会社を出た人々――フランクと仕事をしていた、ギル・ストーナーという会計士、会計事務所の所長カールトン・バーンズ、そしてP38を凶器に使われたエヴェレット・グリズウォルドに絞られる。

コリガンは、二十一階に足止めを食った人々から聞きたい情報はすべて手に入れたのを感じた。次は、ありそうな動機を探ることだ。死んだ男と、それぞれの容疑者に関係があるとすれば、どのようなものなのか？　それは集団で話を聞くよりも、一対一になったほうがずっと手に入れやすい情報だった。

「どうやら、これですっかり終わったようです」彼はいった。「皆さんパーティに戻って結構です」

案の定、真っ先に立ち上がったのはトニー・ターンボルトだった。「さあみんな、飲み直すぞ。カップをバーに持ってこい！」

彼はすぐさま自分の指示に従った。セロハンの袋から溶けかかった氷をふたつほど出し、スコッチのソーダ割りを作る。ほかの人々もお代わりをしにきた。おしゃべりが社内を満たした。

ベアはコリガンに向かって、それとわからないほどかすかにうなずき、バーへ向かった。コリガンの考えがわかっているのだ。しばらく人々の注意がそれている間に、ふたりの巡査と静かに話をするつもりだ。巡査は不安げな表情で彼が近づいてくるのを見ていた。有能な仕事ぶりにこだわるというコリガンの評判は、署内に知れわたっていた。

コリガンはマロニーとコーツに、この上なく冷ややかな目を向けた。

「何か不備がありましたでしょうか、警部?」年長の巡査が、落ち着かなげにいった。

「とぼけるな、マロニー。若いコーツなら大目に見るが、きみのようなベテランの警察官はそうはいかない。チームで仕事をしながら、ふたりの目撃者が犯行現場を離れ、四十五分間もどこかへ行っていたのを知らなかったというのを、どう説明するつもりだ?」

「ミスター・ターンボルトとミスター・リングが、食べ物を調達しにいったときのことでしょうか?」マロニーはもじもじしながらいった。

「ああ、そのことだ」

「警部」マロニーは唇を湿した。「彼らには動かないようにいっておいたのです。われわれは、遺体を見張っていなくてはならなかったので――」

「二手に分かれることはできたはずだ」

「ええ。申し訳ありません、警部。いずれにせよ、戻ってきたことですし」

「彼らが食べ物を買いに出ることに反対しているんじゃない」コリガンは怒鳴った。「それを許可するのは、何の問題もない。わたしが責めているのは、彼らがいなくなったのに気づかなかったことだ」

「はい」ふたりの男はつぶやいた。

コリガンはしばらく彼らを見ていたが、ふと、その目から冷たさが消えた。「オーケー、もういい。ふたりとも、腹はいっぱいになったか？」

若いコーツは口をぽかんと開けた。マロニーはほっと息を吐いた。終わったのだ。コリガンの態度が読めるほど、彼の評判はよく聞こえていた。無能者には容赦ないが、一度怒れば、頭の中から追い払う。

マロニーは十分食べたといい、コーツも慌ててうなずいた。

「これからどうしますか、警部？」マロニーが訊いた。

「待機していてくれ。きみたちが必要になるかもしれない」

「了解しました。今夜のところは、捜査は終わりかと思っていましたが」

「とんでもない」コリガンはそっけなくいった。「ひとつには、死体をそのままにして帰るわけにはいかない。電気が復旧し、人が来るまでは、ここにいなくては」

コーツ巡査がおずおずといった。「深夜は非番なのですが、警部」

「停電が続いているうちは駄目だ。本部が代わりを送り込めるとは思わない。十一時半頃になったら電話をして運試しするといい。だが、わたしの勘ではふたりともここで足止めだ。仮眠を取りたければ、バーンズ会計事務所で取るといい。ランタンはあとどれくらい持つ？」

「五、六時間というところです。燃料はいっぱいで、つけたのが、階段を上りはじめた五時四十分くらいですから」

コリガンは腕時計を見た。八時十分。つまり、ランタンは二時間半ついていたということだ。

「燃料を節約したほうがよさそうだな」彼はいった。「いつ必要になるかわからない」

彼は燃料バルブを閉めた。ランタンの灯が小さくなり、またたいて消え、社内に置かれた三本の蠟燭の明かりだけになると、誰もが驚いた――トニー・ターンボルトを除いて。

「いい考えですね、警部」ターンボルトは笑った。「蠟燭の明かりのほうがロマンチックだ」

彼はサリー・ピーターソンの腰に腕を回した。彼女はそれをうまくかわし、チャック・ベアのそばへ行った。ベアは嬉しそうだった。ターンボルトはまた笑って、ワンダ・ヒッチーの手を取った。

「もう一度ダンスバンドを探してみよう、ベイビー」彼はトランジスタラジオを置いたデスクに彼女を連れていった。

コリガンはぶらぶらと、バーのところにいる人々に近づいた。ずんぐりとしたジェフ・リングが、彼に酒を勧めた。コリガンは首を振った。「ジンジャーエールを」それに口をつけると、バーボンのソーダ割りを飲んでいたシビル・グレイヴスが近づいてきた。

「もう非番じゃないの、警部？　お酒は飲めないの？」

突然、ラジオからダンス音楽が流れてきた。ターンボルトはデスクをどけ、応接室の真ん中に空間を作ると、ワンダに向き直った。彼女はすでに肩を揺すり、腰を振って、妙に無菌な感じのモダンダンスを踊っていた。オフィスの女たらしは、それをまったく認めていないようだった。

「くっつきたいね、ベイビー」彼はそういって、ワンダを引き寄せた。彼女はものうげにほほえんだ。そしてふたりは、接ぎ木のようにぴったりと密着し、ゆっくりと動きはじめた。

コリガンは彼らを見ないようにした。これは任務であり、果てしないむずがゆさに割く時間はない。それでも、彼がここにとどまっているのは、停電と〝自殺者〟のためだと全員に思わせておくのは、職業上の利点だ。何が悪い？

「酒よりもダンスのほうがいい」コリガンはアイルランド娘にいった。「どうだい？」

彼女はコリガンを見た。よくある女の思案顔だ。彼は興奮が高まるのを感じた。

「もちろん」シビル・グレイヴスはそういって、手を差し出した。「本物の刑事さんと踊るなんて、めったにないものね」

上を向いた小さな鼻は、彼の顎と同じ高さにあった。彼女の胸が押しつけられるのを感じる。チャック・ベアが面白そうに見ているのもわかった。マロニーとコーツが驚いた目で見ているのも。どうだっていい。

「夏のそよ風のように軽いんだな」コリガンは彼女の耳にささやいた。

「ありがとう、警部《サー》さん」シビルが小さな声でいった。「あなたは無骨な人じゃないのね」

「わたしをサーと呼ぶのをやめなければ、あの張り出しに放り出すぞ」

「張り出し？」

「気にしないでくれ。わたしはそれほど年上じゃない」

シビルは手を伸ばした距離まで下がり、真面目な顔で彼を見上げた。彼女が純情ぶらないのが嬉しかった。「名前を聞いたかもしれないけれど、覚えていないわ」

「ティムだ」

「ティム」彼女はうなずいた。「あなたにぴったりの名前ね。気に入ったわ」

「今は非番みたいなものだからいうが、シビルという名前も好きだ」

「わたしがコリガン警部と呼ばないことにするなら、あなたもミス・グレイヴスと呼ぶのはやめて」

「わかった。シビルだな」

彼はシビルを引き寄せ、シビルは彼の肩に顔をうずめた。ふたりは夢見るように踊りはじめた。こんなこともある、と彼は思った。蠟燭の明かりの下ではなおさらだ！

10

曲が終わり、コマーシャルになった。飲み物を置いてきた場所にシビルと戻ったコリガンは、チャック・ベアとサリー・ピーターソンがまだ踊っているのを見て驚いた。明らかに彼らにだけ聞こえている音楽に乗って、ブロンドは目を閉じ、ベアは間抜け面をさらしている。何てことだ、チャックまで影響を受けている！　大災害でも起きない限り、彼が人前で踊ることなどないだろう。彼の優雅さときたら、芸をする熊と同程度なのだから。

シビルのカップは空になりかけていた。

「お代わりは？」コリガンは訊いた。

彼女は小さく笑った。「やめておいたほうがいいと思うわ」

「どうして？」

「十口飲めば限界だから」

「どうなるんだ？」

「それはいえないわ。あなたは全然飲まないのね。それ、ジンジャーエールのストレートでしょう？」

「ああ。だが、わたしはきみよりも弱い。一滴も飲めないんだ」コリガンは署の誰よりも酒が強かった。唯一、彼といい勝負なベアの酒量は、トール神に匹敵する。

「だったら、無理することないわ」小柄なアイルランド娘はいった。「でも、わたし……わからないけど、ティム、今夜は何だかやけっぱちな気分なの。なぜだかわからない」彼にはわかっていた。停電のせいだ。「あと一杯だけ飲むわ」

「いいとも」彼女にお代わりを運んでくる頃には、また音楽が始まっていた。ベアとサリーは、相変わらずフロアの真ん中で揺れている。広告代理店の受付係エヴァ・ベンソンは、ターンボルトの同僚のコピーライター、ジェフ・リングにフロアに引っ張り出されていた。リングの態度は、急場しのぎといった感じだった。その目付きから、シビルのほうがいいと思っているのは明らかだった。

ワンダ・ヒッチーとトニー・ターンボルトの動きからは、ふたりが何かに発展しつつあるのがわかった。コリガンはふと、チャック・ベアがサリー・ピーターソンとともにフロアを離れていくのに気づいた。仕切りのスイングドアを出て応接室を横切り、代理店の廊下へ向かう。どちらの考えだろう？　コリガンは思った。このふたりを考えると、五分五分だろう。彼らがサリーのスタジオ——の暗がり——へ行こうとしているのは間違いない。

遠近両用眼鏡をかけ、ナイフのように鋭い折り目のついたズボンを穿いた、小柄できちんとした印象のハワード・クラフトは、応接室のソファに行儀よく座り、カップを手にまっすぐ前を見ていた。隣にはグリズウォルド宝石の同僚で白髪混じりのラヴァーン・トーマスが座っている。何が入っているかは知らないが、カップは口がつけられていない様子だった。ふたりはただ隣り合って座り、会話も交わしていなかった。別々の部屋にいるかのようだ。コリガンは直感で、ふたりとも何かに思い悩んでいるようだと思った。何だろう？　彼は、クラフトが急に飲み物を飲み干し、トーマスのほうにほんの少し近づくのに気づいた。彼女はひどく驚いたようだが、立ち去りはしなかった。

シビルがコリガンに煙草をねだった。彼は一本やり、火をつけてやった。灰皿のほうへ向かう彼にシビルがついてきて、仕切りに腰かけた。

「お友達のミスター・ベアは手が早いみたいね」シビルは指摘した。

コリガンは暗い廊下のほうを見た。サリー・ピーターソンと赤毛の大男は姿を消している。

「手が早いのは、きみの友達のサリーかもしれないよ」

彼女は肩をすくめた。「サリーは友達じゃないわ」それから早口で続けた。「つまり、仲はいいけれど、彼女のことをあまりよくは知らないの。接点があるのは会社だけで」

「サリーとワンダ・ヒッチーの確執はどうなんだ？」彼はうっかり尋ねた。

シビルは、ターンボルトの腕に抱かれたセクシーな文書係をちらりと見た。「気づいてたの？」

「わたしの片目はずば抜けていいんだ」

シビルは飲み物をひとくち飲んだ。「あのふたりは、元ライバルなのよ」

「元？」

「気の毒なブライアンを巡ってね。自殺した彼よ」

コリガンは自分がすっかり警察官に戻ったのを感じた。三角関係はもっともありふれた殺人の動機だ。わざと鎌をかけていたと知ったら、この小柄なアイルランド娘はどう思うだろう。

「元ライバルというのは、彼が死んだからか？」

「あら、違うわ。ふたりのライバル関係は、彼が生きているうちに終わったの。サリーは、彼がこっそりワンダといちゃついているのを見つけて、ブライアンに愛想を尽かした。そのあとワンダが、彼が人妻にちょっかいを出しているのを知って激怒し、ブライアンを振ったの」

「どうやら、亡きミスター・フランクは、女性にかけては実に手並みがいいみたいだな」

「そうかしら！　誰かをベッドに引き込もうと狙ったら、あきらめないだけよ。そしていつでも、銃とカメラで昔ながらの追跡劇をやるの。ブライアンがある意味ハンサムで、隠れた魅力を持っているのは確かだけれど、会う女性をひとり残らず口説けば、大数の法則で、かなりの率でものにできるでしょう。彼はすごく成功していたわ」

コリガンは彼女を見た。「ひとり残らず？」

アイルランド娘のクリームを思わせる頬が、苺のような色になった。「ええ、わたしも口説かれたわ。結局、わたしが一番手近にいたから――同じ会社で働いていたんですもの。でも、わたしは受け入れなかったわ、コリガン警部。そのことを考えているのなら」

まさか、とコリガンは即座に思った。この女性に限ってそれはない。しかしすぐさま、先入観を持った自分を叱りつけた。シビル・グレイヴスは今も第一容疑者のままだ。フランクに弾をぶち込んだのが彼女なら、理由があるはずだ。そして、ありふれた理由が目の前にある。当然、彼女は嘘をつくだろう。

彼がそんな頭の体操をしている間じゅう、ずっと何かが主張していた――小さくてうるさい、黙らせることのできない声で――全部ナンセンスだと。

気がつけば、彼は一流の刑事弁護士のリストを思い起こしていた。

くそっ！　このアイルランドのダイナマイトに、どうして感情的に入れ込んでしまったんだ？

「きみが垣間見たことを詳しく聞かせてほしいな、シビル。つまり、サリーからワンダ、さらにその人妻へのフランクの恋愛遍歴を」

彼女はコリガンを見た。「ゴシップに興味があるとは思わなかった」

「警察の仕事のうちだ。わたしが死体騒ぎの捜査にきているのを忘れたな」

「それはもう終わったと思ったわ」

彼はシビルにほほえんだ。「鑑識が来て調べるまで、やれることはもうないというだけだ。足踏み状態というところだな」

「ああ」彼女はふたりの間にあった灰皿に煙草を押しつけた。「あなたはブライアンの自殺の動機を探っているのね」

「そんなところだ」彼女に嘘をつくのは実に難しい！

「ちょっと――待って」彼女は大きく見開いた青い目で彼を見た。「あなたがどうして自殺という言葉を使わないのか不思議だった。自殺だと思っていないのね？　そうなんでしょう？」

「そんなことはいってない――」

「いわなかったのは知ってる。それに、あなたはずっとわたしから何か聞き出そうとしている！」

青い目が不安でいっぱいになった。「まさか――わたしを――」

彼は自己嫌悪に陥りながら、顔を背けなくてはならなかった。「何も考えちゃいない」彼は弱々しくいった。「わたしの仕事は事実を突き止めることだ。この町で、トニー・ターンボルトのようならやましい立場にいるわけじゃない」

「でも、ほかに誰もいないわ！　ブライアンが自殺でなかったら、わたしを疑うんでしょう！」

彼は心理的な優位を必死に保とうとした。本部のメースリン警視に今の体たらくを知られたら、どうなることか！

「いいかい、シビル」彼は自分がそういっていることに気づいた。「二十一階の窓の下には、幅二フィートの張り出しがぐるりと巡らされている。フランクのオフィスの窓はどちらも掛け金がかかっていなかった。何者かが張り出しに沿って彼のオフィスへ行き、同じようにして帰ることは、論理的には可能なんだ」

彼女がそれに驚いたことで、コリガンはほっとした。あるいは――常に留保が必要だ！――驚いたように見えたことで。

「でも、だったら――彼は――彼は殺されたといいたいの？」彼女がそうささやくのを聞いて、コリガンはとても気をよくした。

「そんなことをいったか、シビル？　わたしはただ、虚心坦懐でいなくてはならないだけだ。だからこそ、この階の人々とフランクとの関係をすべて知りたいんだ」

彼女はいきなり酒を飲み干し、カップをコリガンに渡した。「あなたのおかげですっかり動揺しちゃったわ。もう一杯ちょうだい」

「いいとも」

コリガンが彼女の飲み物を作っているうちに、ラジオの曲が終わった。シビルのところへ戻ったとき、リングが彼女を次のダンスに誘っているところに出くわした。

「今は駄目よ、ジェフ」シビルが答えていた。「ティムと話をしているところだから」

「ティム？」コピーライターは考え込むような顔でコリガンを見た。「ああ、このお巡り、失礼、刑事さんか。おひゃま——お邪魔だとは知らなかったものでね」

リングはよろめきながらバーへ戻り、ワンダ・ヒッチーを突き出た腹にぐいと引き寄せた。「おいでよ、かわい子ちゃん。おれはあんたが好きなんだ。あんたとなら、いいおんぎゃく——音楽が作れそうだ——」

「今のあなたじゃ、デパートのマネキンも務まらないわ、ジェフ。そのロシア製の安ウィスキーは、少し控えたほうがいいわよ」文書係は彼の頰を軽く叩き、ふたりを見てにやにやしているターンボルトに向き直った。

「リングはどうしたっていうんだ？」コリガンはシビルにいった。「ぐでんぐでんに酔っぱらっているのは別としてだ。きみに特別な感情があるのか？」

「今までそんなそぶりは見せなかったわ」彼女は戸惑ったようにいった。「別に嬉しくはないけれど。あの人、奥さんと四人の子供がいるの」

「社内パーティの雰囲気のせいだろうな」

「それよりも停電のせいよ」シビルはいった。「わかるでしょう、ティム。何だかおかしいわ。こんな感じ、生まれて初めてよ。一種の——そう、カーニバルみたい。何でもありで、明日のことなど構わないって感じ。わたし、普段はとても分別があるのよ。なのに、ずいぶん飲みすぎちゃった！」彼女はコリガンに渡されたカップを見た。「それでも別に構わないの。あなたもそんなふうに感じない？」

アイルランド娘ときたら！　コリガンは強く思った。「訓練の賜だろうね」彼は、そうであってほしいと思いながらいった。「現実的な男というやつだ。常に、いつ明かりがついてもおかしくないと考えている。だが、わたしは生まれも育ちもニューヨークだ。きみはアクセントからすると中西部だろう」

「アイオワ州のエイムズよ」彼女はうなずいた。「でも、それが何の関係があるの？」

「ニューヨーカーはパブロフの犬みたいなものだ——公益企業のこととなると、条件反射を見せる。こういう町で停電が起こるなんて考えられない。しかし、きみはトルネードの州から来た人間だ。明かりも、そのほか何もかも、いつ失われるかわからない」

「そんなこといわれたら、みんなパニックになってしまうわ」

「明日をも構わないカーニバルという感覚は、どこから来たんだと思う？」彼は冷静に訊いた。

「ああ」彼女はそういったきり、黙り込んだ。

そのとき、また酒を作りにきたターンボルトが、あたりを見回して大声でいった。「われらが《アワ・ギャル》サル（一九四二年のミュージカル映画『マイ・ギャル・サル』のもじり）はどうした？」

また音楽が流れだした。リングはやっとのことでワンダをつかまえ、彼女と一緒にフロアでおどけた。彼女はけたたましく笑い、悪意を込めて彼を撫でた。エヴァ・ベンソンはデスクの向こうで、かすかにショックを受けているようだった。やがて、素早く酒をあおった。

口を開いたのは、今もソファでハワード・クラフトの隣に座っているラヴァーン・トーマスだった。「ミス・ピーターソンとミスター・ベアは、廊下のほうへ行ったわ」

「廊下？」ターンボルトがいった。彼自身、少し酔っているようだ。

「たぶん」白髪交じりの簿記係はいった。「ミス・ピーターソンのスタジオにいるんじゃないかしら。何をやっているかは知らないけど」

ハンサムな男性は、真っ暗なトンネルのような廊下を見た。それから酒を一気に飲み干し、カップを放り投げると、テーブルの上の蠟燭を取って大股に仕切りのスイングドアを越え、廊下へ向かった。

コリガンはそれを見て眉をひそめた。「サリー・ピーターソンは、ターンボルトのガールフレンドなのか？」

「彼も既婚者よ」シビルはいった。

「それを訊いたんじゃないんだが」

シビルは口ごもった。「人の噂をするのは嫌いなの……。一年前に、ふたりの間に何かがあったという噂は聞いたわ。サリーがアダムズ広告代理店に入社したときよ。話では、当時トニーは奥さんと別居していたんだけど、あとからよりを戻すことにしたみたい。本当に、よく知らないのよ、ティム。その頃はバーンズ会計事務所で働いていなかったら」

ふたりが座っている仕切りからは、廊下が見通せた。蠟燭の明かりで、ターンボルトがノックもせずにスタジオのドアを開け、中に入っていくのが見えた。ドアが閉まり、廊下はまた真っ暗なトンネルになった。

コリガンはにやりとした。チャックのお楽しみが中断されるのは気の毒だが、手強いトニーがひと悶着起こすつもりなら、代償を払わなくてはならないのはトニーのほうになるだろう。ミスター・ベアを痛い目に遭わせるなら、倒れてくるビル以上のものが必要だ。そして、ターンボルトの被害の大きさは、彼自身がどれほどたちが悪くなるかによる。彼は大殺戮の音に耳を澄ませたが、何も聞こえてこなかった。

「話を戻そう」彼はシビルにいった。

「いいわ」彼女はいった。「何の話だったかしら?」

「ブライアン・フランクの恋愛生活だよ」

11

シビルは飲み物をひと口飲んだ。「わたしが数カ月前にバーンズ会計事務所に来たときには、ブライアンはサリーとつき合ってたわ。つき合いはじめたばかりだった。その前は、わたしの前任の女の子に手を出していたの。二十一階の噂では、彼女はブライアンに捨てられて、傷心のあまり仕事を辞めたということだったわ」

「その女性に会ったことは？」

「二日ほど。引き継ぎをしてくれたの」

「今、どこにいるか知っているか？」

「見当もつかない。わかるでしょう」シビルは考え込むようにいった。「彼女のことは本当に気の毒に思うわ。ブライアンは、深刻な恋愛の合間に手近な相手に手を出す、最低の男だった。かわいそうな彼女は、子供の頃にポリオを患って、装具をつけていなくてはいけなかったの。明らかに、彼はそれに興奮したのよ」

シビルの情報はフランクの人となりを物語っていたが、そのほかに、彼女の前任者が犯人である可能性を排除していた。装具を着けた脚で、あの張り出しに出られるはずがない。

コリガンはいった。「サリー・ピーターソンがここで働きはじめて一年になるなら、ブライアン・フランクが彼女とつき合うようになるまで、なぜそんなに長くかかったんだろう？　トニー・ターンボルトが関係あるのかな？」

彼女の青い目がきらめいた。「優秀な刑事さんなら当てられるはずよ」

「わかったぞ」彼はいった。「フランクはここでそう長く働いていないんだ――サリーよりもあとに入ったんだろう」

シビルはカップを上げ、彼の洞察力に黙って乾杯した。

彼女はほんの少しろれつが回らなくなっていた。消費した酒が、徐々に影響しているようだ。コリガンはもう飲むのをやめてくれればいいのにと思った。女の酔っぱらいは大嫌いだ。

「フランクがバーンズ会計事務所で働きだしてから、どれくらいになる？」

「ああ、四カ月ほどね」

「つまり、たった四カ月の間に、彼はきみの前任者、サリー・ピーターソン、ワンダ・ヒッチー、それからきみのいった人妻と関係していたというわけか？　とんでもない色男だな。二十一階の女性のスカートの中に、忘れ物でもしたのか？」

彼女の視線が、ソファでハワード・クラフトの隣に座っているラヴァーン・トーマスに向けられた。「そう多くじゃないわ」

「その人妻ってのは誰なんだ？」

「探りを入れてきたわね、警部」シビルはほんの少し危なっかしい口調でいった。

「ただのおしゃべりだよ」コリガンはいった。「ここの人たちに、だんだん興味が湧いてきた。いわなくてもいいさ、シビル。調べるのは簡単なんだから」

彼女は肩をすくめ、それに合わせて胸が揺れた。コリガンは無理やり視線をそらした。「別に極秘というわけじゃないわ。ギル・ストーナーの奥さんよ」

彼は驚いた。「フランクと同じ会社で働いている会計士の妻か？」

「そうよ」

「何て男だ」コリガンは何気なくいった。「ストーナーはそれを知らないんだろう？　知らぬは亭主ばかりなりというからな」

「昨日、知ったみたい。あるいは、週末にわかったんだとわたしは思うわ。でも、爆発したのは昨日の朝のことよ」

「面白そうだ。フランクの恋の冒険について、時系列的にかいつまんで話してもらったほうがよさそうだな。まずはサリーから」

「どうしてあなたのために、わたしが――タレコミ屋にならなくちゃならないのかわからない」シビルはぶつぶついった。「でも、なぜだか気にならないわ。わたしの知る限りでは、サリーはブライアンがあんなドンファンだったと知らなかったみたい。彼女は、わたしの前任者のヘレン――苗字は忘れてしまったわ――のことを知っていたけれど、二股くらいでは必ずしもオオカミとはいえないでしょう。サリーも、わたし以外のみんなも、最終的に彼女とブライアンは結婚すると思ってたみたい」

「きみ以外の？」

「彼にこっそり、デートに誘われてたの。だからわたしは、彼が生まれながらの嘘つきだと知ってるわけ」シビルはカップを持ち上げたが、きっぱりと下ろした。酔っぱらうより思慮を働かせたほうがいいと思ったようだ。コリガンは大いにほっとした。「おかしなことだけれど、彼は本気でサリーが好きだったような気がする。本当に彼女と結婚するつもりだったのかも。こっそりワンダとデートしているのが見つかって、サリーに捨てられたとき、彼はとてもうろたえていたみたいだった」

「だが、ワンダと手を切るほどうろたえてはいなかった」コリガンはそっけなくいった。

「手を切ったかもしれない。彼がサリーとの仲を修復しようとしていたのを知っているもの。でもサリーは、彼が治る見込みのない浮気者だと気づいて、これ以上関わらないことにしたみたい。サリーが戻ってくる望みがないと知って、ブライアンは大っぴらにワンダとつき合うようになったのよ」

「それはいつのことだ？」

「二週間前」

「そして今度はワンダが、ブライアンがストーナーの妻にちょっかいを出したために、やつを捨てたのか？」

「ええ。でも、ワンダは間違いなく彼とよりを戻したでしょうね。彼女はブライアンにひとこともしゃべらせないほどの剣幕だった。だけど、それはつい昨日のことよ。そのうちほとぼりが冷めたでしょう。いずれにしても、わたしはそう思う」

「正確には、昨日何があったんだ？」

「ええと、最初の修羅場はわたしが会社を開けた直後の八時半だったわ。ギルが先に来たの。わたしにはほとんど口もきかなかった。月曜の朝の憂鬱なのだろうと思って、別に何とも思わなかったわ。彼はブライアンと一緒に使っているオフィスに入り、ドアを閉めた。二分ほどしてブライアンが出社し、オフィスに入ったとたん、爆発が起こったの。ギルが大声でこういうのが聞こえたわ。〝家庭を壊す下衆野郎め！　ぶん殴っておけばよかったよ、きさまの――〟そのあとは繰り返さないけれども、想像はつくでしょう」

コリガンはにやりとした。「調書を取るときには話してもらわないといけないが、今は飛ばそう。それからどうなった？」

「ブライアンの返事は聞こえなかった。でも、ギルがまた怒鳴る前に長い間があったから、何かいったのは明らかよ。ギルの言葉は、嫌でも全部耳に入ってきたわ。どうやらミセス・ストーナーが、ブライアンとベッドを共にしたことを告白したみたい。ギルは最後に、一連の汚い言葉と一緒に〝目にもの見せてやる！〟と怒鳴って、部屋を飛び出して通路を横切っていったの」

「広告代理店へ？」

「わたしもなぜだろうと思った。しばらくして、ギルがワンダを連れて戻ってきたのを見て、納得したわ」

「彼はフランクのことを告げ口しにいったのか？」

「さすがは刑事さんね」

興味深い例外だ。普通の男なら、寝取った男に暴力をふるうだろう。だがギル・ストーナーは、自分の巣を汚したやつにパンチひとつ食らわせていない。代わりに執念深い子供のように、通路を横切り、男の愛人に告げ口したのだ。

あまりにも型破りだったので、コリガンは不審に思った。これは事実隠しではないか？　女々しい男を周到に演じながら、ずっとフランクを殺すことを考えていたのか？　それとも、ストーナーがヒッチーに告げ口したのは彼らしい行動で、その後、じっくり考えるうちに頭に来たのかもしれない。いずれの場合でも、彼は四時半に公然と会社を出てから、こっそり戻ることはできる。あるいは、ビルから一歩も出なかったのかもしれない。単に二十階でエレベーターを降り、階段で二十一階まで上って、人目がなくなるまでどこかに隠れていたのかもしれない。

「それから何があった？」コリガンはシビルに訊いた。

「ギルは自分とブライアンとのオフィスのドアを開け、脇へどいてワンダを通した。彼女は戸口に立って、女性らしからぬ言葉でブライアンをののしった。わたしが聞いたことのある罵倒語は全部と、初めて耳にする罵倒語をたくさん彼に浴びせた。それに加えて、もう二度と顔を見たくないといったわ。それから回れ右をして、通路を化粧室へ向かった。たぶん、思い切り泣くためでしょうね。ミスター・バーンズはまだ出社していなかった。来ていたら、ブライアンはくびになったでしょう。ミスター・バーンズはすごく保守的な人だから、こんな騒ぎにはびっくり仰天したはずよ」

「彼はこの騒動を今も知らないのか？」

シビルは首を振った。「彼が来る頃には、ブライアンは通路の向こうのグリズウォルド宝石で、在庫評価報告書をチェックしていた。きちんとした監査報告書を作るのに大事な部分よ。ギルは共用のオフィスでひとりで仕事をしていた。言うまでもないけれど、誰もこのごたごたについてミスター・バーンズの耳には入れなかったわ」

「フランクがグリズウォルドの店から戻ってから、ふたりは同じ部屋で仕事を続けたのか？」コリガンは信じられない思いでいった。

「ほかに選択肢がなかったんだと思うわ。どちらかが仕事を辞めてもいいと思わない限り。ふたりともその気はなかったみたい」

コリガンは黙り込んだ。やがて、彼はいった。「きみの仕事場へ行けば、ギル・ストーナーの家の電話番号があるだろう？」シビルがうなずくのを見て、彼は立ち上がった。「行ってみよう」

シビルは共用通路の暗闇をちらりと見て、ためらった。「ランタンを取りにいってくれない？少なくとも蠟燭を」

彼はにやりと笑い、ペンライトを出すと、子供のように彼女の手を引いた。彼女の手は子供のように小さく、彼の手の中にすっぽりと収まっていた。あまりにも心地よすぎると、コリガンはマゾヒスティックな気持ちで思った。バーンズ会計事務所の開いたドアのところで手を離したときには、正直いってほっとした。

「デスクの上に、電話番号のリストが貼ってあるの」シビルは無邪気にいった。しかし、会計士の部屋に通じる閉じたドアを見たとき、彼女は小さく身震いした。そのあとは、口数が少なくなった。

リストには数十件の名前があった。〝ストーナー、ギルバート〟と書かれた欄の反対側には、ブルックリンの交換局と電話番号がタイプしてあった。

「ストーナーがブルックリンのどこに住んでいるか知っているか?」

「プロスペクト・パーク地区よ」

「車で来ているのか?」

「いいえ。いつも地下鉄のことでぼやいてるわ」

乗車時間は二十分から二十五分——最長二十五分。コリガンは考えた。ストーナーが会社を出てから列車に乗るまで、十五分はかからないだろう。おそらくその半分以下だ。だが、ぎりぎりまで延ばして十五分としよう。遅くとも、彼は五時十分にはブルックリン駅に降りている。どう考えても、停電までゆうに十分以上はあったはずだ。したがって、今、彼が家にいれば、フランクが撃たれた五時三分に、彼がバウアー・ビルディングにいなかったという有力な証拠になる。今、ストーナーが家にいればの話だが。

ペンライトの光を電話に向け、コリガンは番号を回した。呼び出し音は三度目の半ばで途切れた。

「もしもし?」不機嫌そうな女の声がした。

「ミスター・ストーナーをお願いします」コリガンはいった。

「今夜は帰っていません。地下鉄にでも閉じ込められているんでしょう」

「ほう。彼は停電前にブルックリンに着いたと思っていましたが。いつもは五時過ぎには帰宅しているんじゃありませんか?」

「五時過ぎですって!」

コリガンは曖昧にいった。「おや。確か、仕事が終わるのは四時半でしたよね」

「ええ」女はいった。「でも、まっすぐに帰ってくると思うなら、わたしの夫をよく知らないんでしょう。まずはビールを飲まなきゃいられないんですから。ところで、どちら様?」

コリガンは警察官だと名乗っても意味がないと思った。「コリガンといいます。あなたとお目にかかったことはありません」

「コリガン? 聞いたことのない名前ね。ギルに何の用です?」

「明日でも構わない話です。ありがとうございました、ミセス・ストーナー」彼女にさらに何か訊かれる前に、コリガンは受話器を置いた。

するど、ストーナーはまだ候補者のままというわけだ。五時三分に、どこかのパブにいたことが証明できれば別だが。

彼はシビルにいった。「パーティに戻ろう」

12

チャック・ベアは、ブロンドのサリー・ピーターソンが自分に興味を持っていることを早くから意識していた。二度ほど彼女にじっと見られたとき、その目にもの思わしげな表情があったのに気づいたにすぎなかったが、それで十分だった。ベアは女性に対する自分の魅力について、心にもない謙遜をしたことはない。彼はそれを、自分の醜さへの付加給付と考えていて、利用することに罪の意識はほとんど感じなかった。男女の駆け引きは戦争のようなものだ。目標があって、自分が優れた男なら、何物にも邪魔はさせない。

だから、サリー・ピーターソンがトニー・ターンボルトの腕を逃れて自分のところへ来たときにも、彼は驚かなかったし、何とも思わなかった。

「カップを持っていないのね、ミスター・ベア。飲まないの？」

「誰にも勧めてもらえなかったものでね」ベアはにやりとしていった。「それに、おれは招かれざる客だから」

「何を飲みますか?」ターンボルトが冷ややかな声で訊いた。

赤毛の男は愛想よく、彼にバーボンのソーダ割りを頼んだ。ハンサムなコピーライターはそれに応じ、サリーにも酒を作った。彼女につきまといたがっているようだったが、サリーが背を向けたので、大股で去っていった。

「あなたのことを教えて、ミスター・ベア」サリーがいった。「今まで、生身の私立探偵に会ったことはないの」

「何をいっても嘘になるだろう」ベアはいった。「何より退屈な仕事だ。だが、どうしてもというなら——どんなことを?」

「そうね、まずは、あなたは独身、それとも結婚してる?」

「それには嘘はいわない」彼はにやりとした。「婚約者すらいないよ」彼はサリーの左手をちらりと見た。

「あなたも気づいた?」サリーはささやいた。「わたしにも相手はいないわ。こんなことをいっても意味がないかもしれないけれど」

「意味がない?」

「わたしにいわせるつもりじゃないでしょう。本当にひどい人だわ、ミスター・ベア! わたしの勇気《モキシー》を全部振り絞ったのに」

モキシー（アメリカの清涼飲料水の商標から）が戻ってきたぞ、と彼は思った。結局、彼女は広告業界の競争の中にいるわけだ。事態が上向いてきた。これまで広告代理店の芸術家を誘惑したことはない。

数分の間、ふたりは人を寄せつけなかった。ターンボルトがまたダンス音楽を見つけ出し、ワンダ・ヒッチーと踊りにいくと、サリー・ピーターソンがささやいた。「ミスター・ベアと呼ばなくちゃ駄目？」

「ミスター・ベアはおれの父親だ」ベアは真面目にいった。「おれの名前はチャック。そう呼んでくれといおうとしていたところだ」

サリーは片手を出した。「わたしはサリー」彼は手を握り、そのまま離さなかった。

彼女は構わないようだった。踊っている人々を見る。「わたしたちも踊る？」

「おれは不器用でね。だが、きみの爪先が耐えられるなら、ひとつ試してみよう」

サリーはすぐさま彼の手からカップを取り、自分のカップと一緒にそばのデスクに置いた。それから戻ってきて彼の腕を取り、ほほえんだ。ベアは気持ちを引き締め、熊のように頭をひと振りして、彼女を引き寄せた。

自分がまるでプロのダンサーのように動いているのに気づいて、ベアは驚いた。彼女は何て踊りが上手いんだ！

「やあ」彼はいった。「きみのおかげで、楽しくさえ思える」

「わたし、踊るのが大好きなの」

「そのよさがわかりはじめてきたよ」彼は相手をぎゅっと抱きしめたが、サリーは笑ってかぶりを振り、離れた。

「レスリングをするならマジソン・スクエア・ガーデンへ行って、チャック。踊りたいなら踊りましょう。レスリングがしたいなら……」

ふたりはまた酒を取りにデスクへ戻った。

「どうして相手がいないんだ、サリー？」

彼女は軽い口調でいった。「悲しい物語よ。別の話をしましょう」

「デートはまったくしないのか？」

「二週間以上、男の人と出かけていないわ」

「好きでそうしているんだろう。さもなければ、きみの人生に登場する男は男じゃない。なぜなんだ？」

「ああ、最後につき合った人は、たまたま結婚していたのよ。今は、わたしに相手がいないことが、独身の男友達に届くことを願っているところ。そうなったのは最近のことよ。二週間前までは、婚約していたようなものだった」

彼は赤毛の眉を上げた。「婚約していたようなものって、どういうことだ？　まるで、妊娠したようなものというのと同じだ」

「ああ、口にしなくてもわかることってあるでしょう。その人は、実際にはっきりしたことはいわなかったけれど、お互いに子供は何人ほしいとか、どれくらいの広さのアパートメントに住めばいいかとか、そんな話をいつもしていた。結局、それに騙されたのよ」

「ひどい野郎だ。おれは、女性には真っ先に独身主義者だと断っている」

彼女は笑った。「わかったわ、チャック。心しておくわ。いずれにしても、まともな女性なら、赤毛の醜い大男を夫にしたいとは思わないでしょうね。娘が生まれたときのことを考えるとぞっとするわ」

「恋人としてなら、喜んで立候補しよう」

「考えておくわ。今夜は頼る人がほしいの、チャック。それにあなたの肩は、とても安心できそう。このいまいましい停電ったら！　わたしみたいな世慣れた女が、暗闇を怖がるなんて信じられる？」

彼女はからかうようにいったが、その下には本音が感じられた。

ベアは彼女の手に触れた。「好きなだけ頼るといい。ところで、きみとその婚約者のようなものとの間に、何があった？」

「その見込みが薄くなったのよ。彼が別の女と一緒にいるのを見てしまったわけ」

「おれはアイルランド人に生まれるべきだったな」ベアはいった。「それだけ運を持っているようだから（「アイルランド人の運」とは非常に強運のこと）。もう少し踊らないか？　やってみて気に入ったよ。特に、きみを腕に抱くところが」

　別の曲が始まった。ターンボルトとヒッチーが、また踊りだした。ジェフ・リングと丸々したベンソンがフロアに出ていく。コリガンと踊っていたシビル・グレイヴスは仕切りに腰をかけ、コリガンが彼女のために飲み物を取りにいっていた。

「取り立てて踊りたいわけじゃないけど」サリーはそういったが、酒を置き、また両手を差し出した。

　ふたりはしばらくの間、黙ってダンスに加わった。

「本当はダンスしたくないんでしょう」サリーが不意にいった。

「ダンスはね」ベアは白状した。「ただ、きみを抱いていたい」

「ここじゃ、ダンスでもしていない限り無理よ」彼女はつぶやいた。

「わかった。なら、別のところならいいだろう」

　長い間、彼女は何もいわなかった。量れないものを秤にかけているかのように。それから、彼を見た。

「いいわ。わたしのスタジオがある」それから困ったようにいった。「でも、暗いわよ」

「きみはジブラルタルの岩のようにびくともしないと思っていたが」

「わかったわ」それからもう一度。「わかった」

　彼女はベアに誘われるまま、スイングドアから会社の廊下に出た。受付にあった蠟燭の明かりが、急速に見えなくなる。廊下の突き当たりのドアに着く頃には、ベアの目には彼女はただの影にしか見えなかった。彼はドアを開け、サリーを中に入れて、ドアを閉めた。

スタジオの中は真っ暗闇ではなかった。三つの窓から月明かりが差し込んでいる。ベアはイーゼルや作業テーブルを見て取り、一方の壁に寝椅子があるのもわかった。

「蠟燭を持ってくればよかった」サリーが小声でいった。「ライターか何か持ってる、チャック？」

「ガスが切れている」

「ハンドバッグがどこかにあるはずよ。その中にライターがあるわ」

彼女は作業テーブルのほうに行きかけた。ベアはその腕を取り、振り向かせて、肩をつかんだ。

「おれたちが考えていることをするには、これだけ見えれば十分だ」

サリーは彼を見上げた。彼の手が腰に下りると、彼女はすぐさま両手を上げた。

キスの強烈さに、ふたりは震えた。サリーはかすれた声でいった。「どうしちゃったのかわからない、チャック。生まれて初めてよ。会ったばかりの人とこんなふうになるなんて……」

「何が怖いんだ？」ベアはそういって、彼女を寝椅子に連れていった。抵抗のそぶりすらなかった。それでも、彼女は誰とでも寝る女ではない。この瞬間に身をゆだねているようだ。停電のせいだ。そうに違いない。

彼はサリーを寝椅子にそっと横たえ、そばの床に膝をついた。ブラジャーのホックを外し、服をたくし上げたとき、ドアが勢いよく開き、蠟燭の明かりが突然部屋を照らした。ベアはぱっと立ち上がった。サリーは必死にブラジャーをつかみ、身を起こして、別の手で服をかき合せた。

ベアは怒鳴った。「ノックすることをおふくろさんに教わらなかったのか、ターンボルト？」

コピーライターは蠟燭を作業テーブルのところへ持っていき、叩きつけるように置いて、サリーを睨んだ。「種馬の体が冷たくなるまで、ほかの男とベッドに入るのを待てないのか？　こいつのことなんてほとんど知らないだろう、この尻軽女！」

ベアの目の前がかすんだ。寝椅子の横に立っていたと思うと、次の瞬間には、こぶしが四インチの弧を描いてターンボルトの顎にめり込んでいた。蠟燭の明かりの中、コピーライターの目が×印になった。彼は解体用の鉄球が当たったかのように前へよろめき、倒れかかった。ベアは倒れる前に彼を支え、そっと床に寝かせた。ターンボルトはうつ伏せになり、ぴくりとも動かなかった。

「これでマナーを勉強しただろう」ベアはいった。「大丈夫か、サリー？」

サリーは恥ずかしさと、怒りと、驚きでターンボルトを見下ろした。ベアの突進とパンチがあまりにも早すぎて、既成事実として受け入れるしかなかった。

「そのこぶしに何が入ってるの？」彼女は抑えた声で訊いた。まだ服を直している。「手榴弾？」

「心配するな。一生残る怪我じゃない」ベアはいった。「しばらくたんこぶが痛むくらいだろう。やつが招いたことだ、サリー。きみはボーイフレンドがいないといったはずだが、この男はおれに向かって、ずいぶん独占的な態度だったぞ」

「トニーはボーイフレンドじゃないわ」サリーは彼をちらっと見た。「奥さんがいるもの」

「だったら、やつは何が不満なんだ？」

「婚約みたいなものが駄目になってから、わたしを誘惑しようとした既婚者がいるっていったでしょう。それが彼なの。彼が奥さんと別居している間はデートしていたけれど、彼は家庭に戻ると決めた。関係は続けたがっていたけれど、わたしにいわせれば、もうおしまいよ。わたしはそのことで彼をさんざん非難し、彼もごく最近まではお行儀よくしていた。でも、また元通りにやり直そうとしてきたの。今のはやりすぎだわ。ミスター・ターンボルトがしらふになったら、お返ししてやらなくちゃ」

赤毛は彼女を見た。「種馬が冷たくなる前とかどうとかいう皮肉は、何だったんだ？」

「ブライアン・フランクのことよ」彼女は軽蔑を込めていった。「わたしが手を切った男というのは彼なの。でも、さよならをいったのは、ブライアンが頭を吹き飛ばすずっと前のことよ」

ベアは気を失っているターンボルトを見た。「すぐに意識を取り戻すだろう。ほかに行ける場所はあるか、サリー？」

「今は嫌よ。彼にバケツ一杯の氷水をかけられたも同然だわ。あなたは何でできてるの、チャック——溶岩？」

「セックスに困ったことはない」彼はそういって肩をすくめた。「だが厄介なことに——楽しみにしていた。たぶん、いつか別のときに」

「たぶんね」彼女は作業テーブルからハンドバッグを取り、ターンボルトの蠟燭を手にした。「化粧室へ行ってお化粧を直すのに、これが必要だわ。応接室で会いましょう」

サリーは出ていった。ベアは月光の中、うつ伏せに倒れているコピーライターの上に屈み込み、呼吸に耳を澄ませた。規則的な呼吸だった。ミスター・ターンボルトはひとりで起きるに任せ、彼はパーティに戻った。

ラジオはまだ鳴っていたが、誰も踊っていなかった。リング、エヴァ・ベンソン、妖婦ヒッチーはバーに群がり、リングが飲み物を作っていた。ハワード・クラフトは、ラヴァーン・トーマスと自分のカップに補充したばかりのようだ。ソファの前に立ち、彼女にカップを渡していた。ベアが通りかかったとき、彼はまた腰を下ろした。

ティムとシビル・グレイヴスは部屋にいなかった。ベアはスイングドアを開け、ふたりの制服警官のところへ行った。

「警部はどうした？」

若いほうのコーツ巡査がいった。「少し前に、ミス・グレイヴスと出ていきました」

コールマンのランタンはまだ仕切りの上にあった。となると、コリガンはペンライトしか持っていないことになる。おそらくやつも、ちょっとしたロマンスを楽しんでいるのだろう。ベアは探さないことにした。

そのとき、コリガンがひとりで、共用通路に出てきた。

13

コリガンは、ふたりの巡査が座っているデスクのところで、ベアと合流した。

「おたくの容疑者はどうした？」ベアはにやりとした。

「そっちもな」コリガンはいい返した。「通路でサリー・ピーターソンに会ったよ。蠟燭を持ってトイレに向かっていた。シビルも一緒に行くことにしたんだ」

ミス・グレイヴスでなくシビルになったわけか、とベアは思った。ディック・トレイシーのようなコリガンの顎を見て、そのことで彼をからかうのはやめようと決めた。

コリガンは部屋を見回した。「トニー・ターンボルトは？」

「サリーのスタジオでひと眠りして、酔いを醒ましているところだ」

コリガンはうなずいた。「それほど酔っていなかったはずだ。おまえがぶん殴ったのか？」

赤毛はうなずいた。「少々手に負えなくなっていたんでね。やつとサリーは、かつて肉体関係があったようだ。やつはそれが過去の歴史であることを忘れるほど酔っていた」

「で、おまえが彼女の下着を下ろしているところへやってきたものだから、追っ払ったわけか」

「そのせいじゃない。彼女をひどい言葉で侮辱したんだ。そろそろ、ふらつきながら出てくるだろうよ」

ターンボルトが会社の廊下から姿を現した。よろめきながら、顎をさすっている。スイングドアから入ってくるときの彼は、視線でチャック・ベアを殺せそうだった。だが、それ以上のことはなかった――彼はバーへ行き、スコッチを生のまま注いだ。

コリガンは考え込むようにいった。「シビルとあの芸術家が戻ってきたら、少しばかり刺激を与えてみよう」

ベアは赤毛の濃い眉を上げたが。何も訊かなかった。ティムが何を考えているのかがわかったからだ。彼らは霊感的なレーダーで仕事をしていた。

サリーとシビルが戻ってきたとき、ターンボルトはワンダ・ヒッチーと激しいダンスを踊り、ジェフ・リングはベンソンと踊っていた。ターンボルトは色っぽい文書係を、蠟燭の明かりから一番遠い隅に追い詰めていた。

コリガンはガソリンランタンを取り上げ、ふたりの警官が座っているデスクに置いて、空気を送った。若いコーツがマッチを擦った。警部はニードルレバーを回して燃料ラインを掃除し、コーツにうなずいた。若い巡査が点火ホールにマッチを近づけ、コリガンがバルブを少し開けて、着火するのを待った。それから、バルブを大きく開けた。

光が部屋を満たした。ワンダ・ヒッチーは驚いた顔で、ターンボルトから体を引き離した。コリガンを睨みつけるコピーライターの唇は、口紅で汚れていた。

「何の真似だ？」ターンボルトが怒鳴った。「明かりに取りつかれてでもいるのか？」

「おい」ずんぐりした同僚が抗議した。彼はアダムズ社の受付係とまだ踊っていた。「明かりがいるなんて誰がいった？」

コリガンはラジオに近づき、スイッチを切った。

サリー・ピーターソン、シビル・グレイヴス、ソファのふたりは、彼をじっと見ていた。

「お楽しみを中断して申し訳ありません」コリガンはいった。「しかし、もう十分楽しんだでしょう。仕事に戻る時間です――現実の仕事に」

「どういう意味だ？」リングがいった。「全部終わったと思っていたが」

「とんでもない、ミスター・リング。あなたがたの誰がブライアン・フランクを殺したのか、まだわかっていません」

恐ろしい沈黙が流れた。

「殺した？」サリー・ピーターソンがいった。「殺した？」

「事故ではありえないし、自殺でもありえないのです、ミス・ピーターソン」コリガンはいった。

「しかし、通路を挟んだ場所で、男がこめかみに穴をあけ、顔を吹き飛ばされています。これを何と呼びますか？」

芸術家は椅子をつかみ、かろうじて立っていた。シビルを含め、どの顔にも理解できないという表情が浮かんでいた。このうちの誰かが名役者というわけだ。

「でも、どうして彼が殺されたといえるんです、コリガン警部?」ラヴァーン・トーマスが、ひどく甲高い声で訊いた。「馬鹿馬鹿しい! あの部屋にはミスター・フランクしかいなかったんですよ。ただし——」彼女は言葉を切り、シビル・グレイヴスを見た。

アイルランド娘の顔が暗くなった。青い目が大きくなり、それから細まった。

「ただし、わたしが嘘をついていたら別だといいたいの、ラヴァーン? わたしが彼を殺したらということ?」

「そんなことといってないわ」オールドミスはしどろもどろになった。「わたしはただ——」

「いいですか」コリガンがいった。「二十一階には、幅二フィートの張り出しが巡らされていることは、皆さんご存じですね。ミス・グレイヴスによれば、彼女は銃声を聞いてすぐにフランクのオフィスには入らなかったということです。それが本当なら、殺人者がその張り出しから侵入し、同じ方法で出ていくのに十分な時間があったはずです。ですから、あなたがたの誰であってもおかしくありません」

彼は人々がそのことを理解するのを待ちながら、チャック・ベアの視線を避けた。ハワード・クラフトが、遠近両用眼鏡の奥で臆病そうな茶色の目を神経質にしばたたかせながら反論したのを、ありがたいと思ったほどだ。「よくわかりません、警部。どうして突然、ブライアンが殺されたとおっしゃるのか」

「突然ではありません」コリガンは宝石商にいった。「遺体を見たときからわかっていました」

誰も何もいわなかった。コリガンは彼らを苛立たせるに任せた。ついに口を開いたのは、サリー・ピーターソンだった。「どうしてわかったの、警部？」

「P38の安全装置がかかっていたのです」コリガンはわざと愉快そうに、トニー・ターンボルトを見た。「フランクを殺した犯人は、銃を撃った後で本能的にそれをかけたのでしょう。フランクにできるはずがありません。死んでいるのですから」

人々が腰を下ろす時間が来たようだ。ターンボルトはわずかに口を開け、一番近いデスクの前に座った。小柄なミセス・ベンソンは、受付係のデスクの前に崩れ落ちるように座り、気分が悪そうにしていた。ワンダ・ヒッチーはエヴァ・ベンソンと並んだ椅子に、シビル・グレイヴスはその反対側に座った。ジェフリー・リングは、ターンボルトが座っているデスクに倒れかかるようにもたれ、荒く息をしていた。サリー・ピーターソンは波をかき分けるようにスイングドアをくぐって、応接室にある詰め物をしすぎた椅子のひとつに落ち着いた。ベアがそれについていって、肘掛に腰かけ、彼女を見下ろした。ハワード・クラフトとラヴァーン・トーマスは、ソファに座ったままでいた。ただ、目だけが出口を探すように横に動いていた。

そこで、立っているのはコリガンだけになり、彼はそれに満足した。高いところから場を仕切ることができる。

彼はできる限りそっけない口調でいった。「何かいいたいことは？　この階は出入り自由だったんですよ、皆さん」

ターンボルトの声からは、アルコールの気配は消えていた。コリガンの話で、明らかにしらふに戻ったようだ。「この方角から張り出しに出たとすれば、警部、ぼくとジェフの部屋の窓を通過しなくちゃなりません。誰かがその窓の前を通れば、ぼくが気づいたはずです。まだこの階にいた人間で、別の方角から張り出しに出られるのはハウィーとラヴァーンだけですが、彼らはお互いにアリバイを証明できましたよね？　つまり、殺人者は張り出しを利用できなかったということです。そうなると、犯人がブライアンのオフィスに入ることのできる経路はただひとつ――バーンズ会計事務所の応接室のドアからということになります」

「わたしがいた場所ね！」シビルが素早くいった。「その先をいったらどう、トニー？」

「ぼくは誰も責めてはいない」コピーライターはいった。いつもは厚かましい目を、避けるようにしている。「ただ、事実を述べているだけだ」

「ふたつほど見落としていることがあります、ミスター・ターンボルト」コリガンは動じずにいった。「ひとつ。あなたが自分でいった通り、デスクで仕事に没頭していたら、窓を見てはいられなかったでしょう。ふたつ。あなたの分析は、あなたがたがオフィスにいたと仮定しての話です。わたしにいわせれば、必ずしも事実ではない。あなたが嘘をついている可能性もありますからね。実際、当然嘘をつくでしょう――もし張り出しに出て、ブライアン・フランクの部屋の窓へ行ったのがあなただとしたら」

「違いますよ！　ぼくは本当のことをいってます！」

「もうひとつ忘れています、ミスター・ターンボルト。あなたのいうことも、ミス・グレイヴスのいうことも本当だという場合があります。その場合、犯人は共用通路の突き当たり、ふたつの化粧室に挟まれた窓から張り出しに出たのです」

サリー・ピーターソンが金属的な声でいった。「それだと、わたしとワンダに絞られるということね、警部？」

「そう単純なことならいいのですが、ミス・ピーターソン。あいにく、亡くなった人物の同僚、ギル・ストーナーが、帰宅したふりをしてこっそり引き返し、通路の窓を利用したとも考えられます。彼には確固たる動機があるようです。理論的には、ミスター・バーンズやミスター・グリズウォルドにも同じことがいえます。とはいえ、動機が見つからなければ、このふたりを容疑者として逮捕することはできませんが。しかしその点は、できるだけ早く調査します。彼らを容疑者から外せればいいのですがね。あなたがたを除けば、最も容疑者の可能性が高いのはストーナーです」

「ずいぶん気前よく情報を教えてくれるのね、警部さん」サリー・ピーターソンがだしぬけにいった。「警察はいよいよ飛びかかるときまで、見つけたことや仮説を内緒にしておくものだと思っていたけれど。特に、殺人事件の容疑者には。あなた、本当に警察官？　今考えてみたら、身分証を見せてもらった覚えがないわ」

「喜んでお見せしましょう」コリガンはそういって、盾形のバッジを見せた。さらに、彼女に向かって笑みすら見せた。「あなたは頭のいい人だ、ミス・ピーターソン。もちろん、通常の警察の捜査手順に関するあなたの意見は正しいものです。しかし、これは通常の事件ではありません。ほかにない要素として、この停電があります。わたしたちがどれくらいここにいなければならないのかわかりません。その間、わたしひとりでやらなくてはならないため、わたしが適切と思うやり方で事件を捜査します。そしてわたしは、手札をすべてさらすことが適切だと思っています。あなたがたも同じようにしてください。わたしは関係者全員に対して、先入観や偏見を持ちません。ただ、あらゆる事実を手に入れたいのです。わたしに関する話は以上でいいですか？」

彼女は答えなかった。ほかの人々も同じだった。

「いいでしょう。では、あなたから始めましょう」

「わたし？」ブロンドの芸術家は、思わずいった。

「まず手始めにです。あなたには機会も、有力な動機もあります。動機については――あなたはほんの少し前に、ミスター・フランクとの情熱的な恋愛関係が壊れたのでしたね？」

「ええ、彼とは別れたわ」サリー・ピーターソンはぴしゃりといった。「この町で、ベッドを共にした相手との仲がこじれたからといって、女がいちいち男の頭を吹っ飛ばしていたら、警察は四倍の人数が必要になるでしょうね。ブライアンのことなんて何とも思っていなかったわ。行きずりの関係みたいなものよ。男はいくらでもいる。だから、彼を撃ったのはわたしじゃないわよ、警部さん。わたしを疑っても時間の無駄。もっと大騒ぎになった、最近の破局を調べたら？　ワンダ・ヒッチーのこととか」

コリガンはすでにそのことを知っていた。彼はベリーダンサーのような体つきの、厚化粧の文書係を見た。「何かいいたいことは、ミス・ヒッチー？」

「あなたは何かいいたいんでしょう、毛染め薬を使ったブロンドさん」ミス・ヒッチーは仕返しをするようにピーターソンにいった。「警部、わたしは銃を手にするだけでも怖いの。ましてや誰かを撃つなんて。生まれてこのかた、銃に触ったこともないわ。あなたがいつも読んでいる、タブロイド紙に出てくる女とは違うの。浮気者に説教したり、ホチキスを投げたりはするかもしれない。でも、射殺した相手とどうやって仲直りしろというの？　わたしは仲直りがしたいタイプなのよ」

サリーが何かいい、ワンダもいい返した。コリガンはふたりに背を向けた。「わたしが特に興味を持っているのはあなたです、ターンボルト」今回は、彼はわざと〝ミスター〟を省いた。「あなたには機会がある。しかし、動機があるとしても、まだそれがつかめていません。あなたとフランクのような色男が同じ階にふたりいれば、ややこしいことにならないとは思えません。あなたが正直に打ち明けるとは考えられませんが、誰かほかの人が話してくれるかもしれない。富を分配する意味でね。どうです、どなたか？」

その〝どなたか〟は、丸々太った小柄な受付嬢、エヴァ・ベンソンだった。コリガンは驚かなかった。善良で控えめな人物というのは、往々にして情報の宝庫となるものだ。

「ブライアンとのいざこざを話さないつもり、トニー?」

コピーライターは彼女を睨みつけた。ミセス・ベンソンはオランダの酪農家の娘のような肩をそびやかせた。

「いきさつは知りませんが、コリガン警部、二週間前にブライアン・フランクがトニーの顎を殴ったんです。男性用化粧室の外で。ここにいる全員が、その喧嘩を見たか、噂に聞いています」

「わたしが説明するわ」サリー・ピーターソンが冷ややかな声でいった。「わたしにブライアンとワンダのことを告げ口したのはトニーだったの。彼は他人のことに首を突っ込んで、床にのされたわけ」

ターンボルトが叫んだ。「きみのためを思ってやったというのに、大した礼だな!」

「わたしのためですって。あなたはわたしとブライアンの仲を引き裂いて、もう一度彼の後釜に座ろうとしたんでしょう。わたしにはこんなお返ししかできないわ。それと、いい忘れたかもしれないけれど、今後一日でもつき合ってくれといったら、わたしは自分の膝を使うわよ」

ターンボルトの顔はロブスターのように真っ赤になった。飛びかかろうとするかのように腰を浮かせたが、チャック・ベアの目が紫色に腫れた彼の顎をじっと見ているのに気づき、また腰を下ろした。

今度はワンダ・ヒッチーがターンボルトを問い詰めた。「ブライアンとわたしのことを告げ口したのはあなただったの、トニー？」

彼女の口調には、恨んでいる様子はなかった。ターンボルトは彼女を無視した。形のよい下唇を噛み、誰も彼も無視しようとしているようだった。

「わたしにとっては、いいことをしてくれたわ」ワンダはいった。「あなたのおかげで、サリーに捨てられたブライアンがわたしの膝に転がり込んできたんだもの。まあ、それも長くは続かなかったし、今は彼も永遠にいなくなってしまったけれど」

そんな哲学的な宣言とともに、ミス・ヒッチーは自分の爪をためつすがめつしはじめた。

悲しい世界だ、コリガンは思った。人間とは二本足のシラミのようなものだ。わたしも含めて。

「もちろん、あなたも容疑者に含まれています――ミス・グレイヴス」彼はもう少しで〝シビル〟といいそうになった。「しかし、機会という観点からだけの話です」冷淡な口調と無関心な目つきを保つため、心を鬼にしなくてはならなかった。「動機は見当たりません」彼は人には見えない努力で全員に向き直った。「ミス・グレイヴスがブライアン・フランクを殺す動機に、どなたか心当たりがありますか？」

誰も答えなかった。それが、この通路を挟んだ会社の女性を守りたいという思いやりや欲求のためでないのがわかり、彼はほっとした。この連中にはそんなものはない。彼らが語らないとすれば、語ることがないからだ。

シビルはサリー・ピーターソンよりもさらに冷たい声でいった。「わたしに訊けばいいでしょう、警部。ブライアンとわたしは、完全に仕事だけの関係でした。機会があったら、ギル・ストーナーやミスター・バーンズにお訊きになってもいいわ。答えは一緒でしょうけれど」

また警部に逆戻りか。コリガンは思った。くそっ！　彼女は殺人事件の容疑者にされたのが気に入らないのだ。そうじゃない人間がいるだろうか？　恋の始まりとしては最悪だ。

14

コリガンは部屋に目を走らせた。「皆さん、これが殺人だとおわかりになったでしょう。証言を変えたい方はいますか？」

答えはないと思ったが、案の定なかった。彼はジェフ・リングと、小柄なミセス・ベンソンを見た。

「今もお互いのアリバイを主張しますか？」

オランダ人の酪農家がいった。「わたしたちは本当のことをいいました、警部」

リングは不安そうにうなずいた。

コリガンは不意に、ソファの上の不釣り合いなふたりを見た。「あなたはどうです、ミスター・クラフト？」

「ぼくたちも本当のことをいいました」ハワード・クラフトは驚いていった。

年配の秘書兼簿記係は動じなかった。「事件があったとき、わたしたちは一緒にいました、警部。でも、ひとついっておくことがあります」

「何です、ミス・トーマス？」

「使われた銃がミスター・グリズウォルドのものと聞いて、考えていたんです。ミスター・フランクは昨日の朝、ミスター・グリズウォルドのデスクからそれを盗んだんじゃないかって。彼は午前中いっぱいその近くにいました。でも、ミスター・フランクが盗んだわけではないんでしょう？」

「ええ」コリガンはいった。「盗んだのは彼を殺した人物です」

「それで、盗まれたのは必ずしもここ数日のことでなくていいんですね？」

コリガンは戸惑った。「ミスター・グリズウォルドに話を聞き、デスクにあることを最後に確かめたのがいつかわかれば、絞り込むことができます。今のところは、強盗未遂のあと、犯人はいつでも銃を盗むことができたと考えています」

彼女は手に持ったプラスチックのカップからひと口飲み、宙を見た。

コリガンはいった。「何がおっしゃりたいのかわからないのですが、ミス・トーマス」

彼女のよそよそしさは消えた。「ああ、あることを思い出そうとしていたの」彼女はくすくす笑った。

軽いショックとともに、コリガンは白髪交じりの簿記係が酔っぱらっていることに気づいた。驚くには当たらない。この奇妙なパーティが始まってから、彼女は手渡された酒を決して断らなかったのだから。それは滑稽といってもよかった——信心深い未婚のおばが、聖餐式のブドウ酒で酔ったのを見たようなものだ。

「何を思い出そうとしていたんです、ミス・トーマス？」

彼女は威厳をもって、話に集中しようとした。「何かが引っかかっているの。誰か別の人が、最近うちの会社に来たなって。でも、誰がいつ来たのか思い出せないのよ。もし来ていたとすればの話だけど。それすらもよくわからないの」

「つまり、普段はそこにいない人ということですね？」

ラヴァーン・トーマスはまたしても宙に向かって顔をしかめた。コリガンは考えさせておいた。やがて、彼女は何かを叩くようなしぐさをした。

「そういえるかどうかはわからないわ、警部。つまり、ひっきりなしに人が出入りするのに、普段誰がいて誰がいないのか判断できます？　誰だか知らないけれど、その人が来たのに驚いたのは覚えているんです。でも、どうしてかしら？」

「客ですか？」

彼女は唇を突き出した。「わからないわ」

「この階の人？　今、ここにいる人ですか？」

ミス・トーマスは慎重に周囲の顔を見た。しかし、かぶりを振った。

「出てこないわ、警部。舌の先まで出ているのに、どうしても思い出せない名前のように」

彼女は急速にろれつが回らなくなっていた。こんな霞がかかったような状態では、今夜は何も思い出せないだろう。

「無理しなくて結構です、ミス・トーマス。気を楽にして、そのことは忘れてください。あとから思い出すでしょう」

グリズウォルド宝石の秘書兼簿記係は身を乗り出し、空になったカップをソファの前のコーヒーテーブルに置いた。それから、やっとのことで腰を上げ、少しふらつきながらそこに立った。

「お化粧室へ行ってくる」彼女はそう宣言し、またくすくす笑った。

「わたしも行くわ」サリー・ピーターソンがそういって勢いよく立ち上がった。「エヴァ、蠟燭を貸して」彼女は蠟燭を受け取り、ラヴァーン・トーマスの肘をしっかりとつかむと、ドアのほうへ連れていった。「失礼」サリーはいった。「すぐに戻るわ」

「考えてみて」小柄なミセス・ベンソンがいった。「ミス・トーマスが酔っぱらうなんて」

「そいつはことだ」トニー・ターンボルトはそうつぶやいたあと、不機嫌で心配そうな沈黙に戻った。

コリガンはもう一度周囲を見た。「まだ話していないことで、何かいっておきたいことはありませんか？」

何もなかった。

「では、電気が復旧して、警察の専門家がここに来るまで、わたしにできることはなさそうですね」彼は手を振った。「パーティに戻ってください」

しかし、自殺のはずが殺人だったと知ったことが、パーティの気分を台無しにしたようだった。当然、彼らは自分たちの誰が殺人者なのだろうと考えるし、自分が通路を挟んだところで硬直しつつある会計士のようになったかもしれないと思うと、浮かれ気分を保つのは難しいだろう。その後の一時間かそこらは、コリガンの耳には切れ切れの会話しか入らなかった。彼らはここにいないギル・ストーナーが犯人に違いないということで見解が一致したようだ。それを選んだ心理は明らかだ。強制的な、いつ終わるとも知れない監禁状態では、殺人者が自分たちのひとりでないと仮定するほうが気が楽だからだ。

サリーとラヴァーン・トーマスが中座している間、ジェフ・リングがバーを占拠し、注文を取った。誰ももう一度ラジオをつけようとしなかった。ワンダ・ヒッチーでさえ、もはや踊る気はなさそうだった。

サリーとミス・トーマスが化粧室から戻ってきた。ブロンドの腕に、もうひとりの女が重そうに寄りかかっている。サリーがソファに座らせると、彼女はそれにもたれ、すぐに目を閉じた。サリーは安楽椅子に座り、リングの酒の呼びかけを断っていたチャック・ベアは、彼女の求めで酒を作りにいった。

シビルがほかの人々と一緒に飲んでいないことにコリガンは気づいた。彼女のそばへ行く。

「何か飲まないか、シビル？　喜んで取りにいくよ」喜んでというのは本心ではないが、つながりを取り戻す方便だった。

「いいえ、結構です、警部」

コリガンはほほえんで彼女を見下ろした。「どうやら嫌われてしまったようだな」

彼女は意味がわからないふりをした。「だからどうだというんです？」

彼は苛立ちに駆られるのを感じた。それがどこから来るのかわかっていたが、なぜだかどうでもいい気がした。捜査の間に冷静さをなくしたのはいつ以来か思い出せない。「いい加減にしてくれ、ミス・グレイヴス！　捜査できみに不快な思いをさせていることは、すでに申し訳なく思っている。警察官は、事件に際しては個人的な感情を捨てなくてはならないんだ。それができなければバッジを返上したほうがいい」

「何をおっしゃっているのかわかりません、警部」シビルは小さくて形のよい頭を振った。

「わからないって！　こんな態度を取るのは、きみには犯罪の機会があったとわたしがいったからだろう。ちなみに、ほかにもたくさんの人に機会があった。きみはわたしを、自分に有利に利用しようとした。わたしがきみに惹かれているのを知って――」

「あなたが？」彼女はアイルランド人らしい、魅惑的な笑みを浮かべた。「どうしてわたしにわかるというの、警部？　あなたが自分でいわない限り」

「いったじゃないか」彼は荒々しくいった。

「じゃあいったんでしょう。それと、このことは知ってる？　あなたは怒ると、キラーニー訛りになるわ――ティム」

彼は自分がまたほほえんでいるのに気づいた。「そのほうがいい」

「でも、あなたはまだわたしを疑っている」

「仕方がないんだ、シビル。仕方がない」

「ええ、そうすればいいわ。ごめんなさい、ティム。当然よね。でも、本当は怖くはないの。わたしはやっていないもの。自分ではそれがわかっているし、夜が明ける前にはあなたにもきっとわかるわ。それを肌で感じているの」

彼女は小悪魔だ。まさしくそうだった。「飲むかい？」彼は訊いた。

シビルは首を横に振った。「もう十分飲んだわ、ティム。ただ座って、おしゃべりしない？」

「いいとも。だが、燃料を節約するためにランタンは消したほうがいいな」

部屋を照らすのが蠟燭の明かりだけになると、不運な人々は本能的に、また二人一組になった。ワンダ・ヒッチーは、ターンボルトが座っている自分のデスクへ行き、その隣に腰を下ろした。ジェフ・リングは受付のデスクのそばの、ワンダが空けた席に収まった。チャック・ベアは、サリー・ピーターソンの椅子の肘掛けに座ったままだ。ハワード・クラフトは、ソファの上のラヴァーン・トーマスに少し近づいた。彼女はいびきをかいていた。

コリガンは椅子をシビルのそばに持っていった。

彼女はいった。「あなたの目のことが知りたいわ、ティム。話したくないならいいけど」

「朝鮮で砲弾のかけらにやられたんだ。まだそのかけらは持っている。アパートメントのキャビネットに飾ってあるよ」

シビルは顔をしかめた。「ぞっとするわ」

彼は首を振った。「わたしはそんなふうに思ったことはない。戦争の手土産だ。たまたま、あの赤毛の雄牛が、わたしを救護所へ引きずっていってくれたんだ」

シビルはチャック・ベアをちらりと見た。彼は身を乗り出し、サリーに何事かささやいている。

ブロンドは笑って、かぶりを振った。

「あなたのヒーローは、色よい返事がもらえなかったみたいね」シビルはいった。「彼とは古い友達なんでしょう」

「誰よりも古いつき合いだ」

彼女はコリガンの経歴を尋ね、自分のことも話した。彼女は七年前、二十一歳でアイオワ州からニューヨークへ来た。仕事をしながらニューヨーク大学の夜間部に二年間通い、経営管理学の単位を取得した。数カ月前まで、とある保険ブローカーの個人秘書をしていた。そのブローカーが引退し、仕事をなくした。

「バーンズ会計事務所でも、もうすぐそうなると思うわ。ミスター・バーンズは六十七歳なの。

やっぱり引退を口にしている。今夜の恐ろしい出来事で、それを決意するかもね」

一定の間を置いて、ターンボルトかリングが立ち上がり、バーでお代わりをした。彼らとペアになった女たちをはじめ、ほかの人々は明らかに酒はもうたくさんだと思っているようだ。声の聞こえるところに座っている、リングと小柄なミセス・ベンソンとの会話の断片から、肥満気味のコピーライターがすでに酔っているのがわかった。ターンボルトとヒッチーは声が届かない距離にいたが、彼の歩き方とどんよりとした目つきから、明らかに同じ状態なのがわかる。

リングとエヴァ・ベンソンの会話にわざと聞き耳を立てていたわけではないが、彼らが話していることはほとんどコリガンの耳に入ってきた。彼らの会話はある意味、コリガンとシビルの会話の対旋律になっていた。会話の前半はほとんど、ここにいないギル・ストーナーがフランクを殺したに違いないとお互いにいい聞かせるものだった。やがてリングが酔ってくると、恋愛に傾いてきた。

リングはどうやら、結婚生活に波風を立てることはないが、年に一度の社内パーティではたがが外れ、秘書を追いかけ回すタイプだった。彼の考えは見え見えだった。殺人に停電、強制的に会社に閉じ込められたことが引き金となって、クリスマスのときのような心理になっているのだ。コリガンは小柄なミセス・ベンソンのほうに興味を持った。年はせいぜい二十四歳というところで、安っぽい結婚指輪をはめるようになって、そう長くはないだろう。夫と離れ離れになり、いつまた会えるかわからないという状況に、停電で窓の外の町が暗闇に閉ざされている不気味さ、そして飲んだ酒のせいで——お人よしのジェフをその気にさせたのだろうか？　コリガンは彼女がためらい、思案を巡らせているような気がした。しかし、リングがべたべたしはじめると、彼女は身を硬くして離れた。

「ねえ、ジェフ」彼女がいうのが聞こえた。「あなたはいい人だけれど、頼むから触らないで。わたしに触っていいのは夫だけよ。ちなみに夫はあなたより二十歳年下で、トニー・カーティス似なの。ダンスのときに、その気にさせてしまったとしたら謝るわ。きっとお酒のせいだったのよ。わかってくれる？」

ジェフ・リングはいかにも滑稽に見えた。コリガンは彼が自分の太鼓腹を見下ろし、身震いするのを見た。彼は何事かつぶやき、立ち上がってバーへ行くと、強い酒をぐいと飲んだ。ふらつきながら戻ってきた彼は、どさりと腰を下ろして、悲しげな歌を歌いはじめた。若いミセス・ベンソンは、哀れむような目をした。手を伸ばし、彼の手を軽く叩く。彼はそれに励まされたようで、それからふたりは停電の話を始めた。

15

どれくらいの時間が経ったかコリガンにはわからなかったが、シビルが急に身震いした。

「あたりが寒くなってきたのに気づいてる?」

彼はエヴァ・ベンソンのデスクに身を乗り出し、蠟燭の明かりで腕時計を見た。もう十時半近かった。彼は立ち上がり、ラジエーターのところへ行って触れた。冷たかった。

このビルは暖房をサーモスタットで制御していて、それが停電でくたばっているに違いない。加熱システムで温まったボイラーの湯は、冷めるまでに数時間かかる。だが、その時間はとっくに過ぎていた。

彼はシビルのところへ戻った。「窓を閉めていれば、耐えられないことはないだろう。外は寒いが、深刻な寒さではない。きみの家は遠いのか、シビル?」

「歩くには遠すぎるわ」

「だったら、今夜はここで寝るか?」

「みんながそうしなければならないでしょうね。ミスター・バーンズのオフィスには、柔らかい敷物が敷いてあるの。わたしはそこに寝て、コートを毛布代わりにするわ」

エヴァ・ベンソンがそれを聞きつけた。「わたしも今夜はこのへんでお開きにしようと思っていたの、シビル」彼女はハワード・クラフトを呼んだ。「あなたとラヴァーンが座っているのは、わたしがベッドにしようとしていた場所よ、ハウィー。早くどこか寝るところを探してちょうだい」

クラフトはすぐに立ち上がり、身を屈めてラヴァーンを揺さぶった。彼女はまばたきして彼を見た。それから何事かつぶやき、すぐにまた眠りに落ちた。

サリー・ピーターソンがいった。「ハウィーに手を貸してあげて、チャック」

ベアは眠っている簿記係に近づき、子供を抱くように軽々と持ち上げた。彼女の目がぱちりと開いた。一瞬、怯えたようにベアの顔を見たが、嬉しそうにまた目を閉じ、白髪交じりの頭を彼の肩に満足げにもたせかけた。

「眠れる森の美女をどこへ連れていく?」ベアはクラフトに訊いた。

「彼女のオフィスがいいと思います」宝石商はいった。「床に敷物が敷いてありますから、ミスター・ベア。ぼくが蠟燭を持ちます」

彼はスイングドアを開け、バーに近づいて、燃えている蠟燭を取ろうとした。ワンダ・ヒッチーがいった。「新しいのをつけたほうがいいわ、ハウィー。みんなが別々の部屋で寝るなら、ここにある蠟燭全部を使わなくちゃならないでしょう」

使っていない蠟燭が三本、テーブルに置かれていた。クラフトはそのひとつに火をつけ、灰皿の中身をゴミ箱に捨てると、そこに蠟を垂らし、それで蠟燭を固定した。

クラフトが蠟燭を手にスイングドアを通って戻ってきたとき、ラヴァーン・トーマスの左目が薄く開き、ベアの顔をちらりと見た。サリー・ピーターソンが席を立ち、白髪交じりの女性を覗き込む。ミス・トーマスはすぐにぎゅっと目を閉じた。

「寝たふりをしてるわ!」サリーは叫んだ。「どう思う?」

ベアはにやりとし、クラフトに蠟燭を持って先に行くよううなずきかけた。

「わたしがついていったほうがよさそうね」サリーはいった。「ラヴァーンが必要以上に楽しまないように」

彼女は男ふたりと、ベアの荷物のあとについて、共用通路に出た。

リングがエヴァ・ベンソンに小声でいった。「エヴァ、きみがソファに寝るなら、安楽椅子を使っても構わないかな？」

「ここはわたしの会社じゃないわ」小柄な受付係はいった。「好きなところで寝てちょうだい、ジェフ」

さらにワンダ・ヒッチーがいった。「ほかの人が確保する前にいっておくけれど、わたしは化粧室にある寝椅子を使わせてもらうわ」

はっきりしない声で、トニー・ターンボルトがいった。「ぼくもご一緒するよ、ベイビー」

「化粧室で？」ワンダはぞっとしたようにいった。「お断りよ！」

ターンボルトは流し目を送った。「責めるなよ、いってみただけだ。どうやら自分のオフィスのデスクで寝るはめになりそうだな」

チャック・ベアとサリー・ピーターソンが、蠟燭を持たずに戻ってきた。

「ラヴァーンを寝かしつけたよ」ベアはにやりとしていった。「蠟燭は、彼女のそばの床に置いてきた」

「完全に起きてたわ」サリーはいった。「あのおばさんがあんなふうになるなんて、誰が想像したかしら？　チャックの男らしい腕に収まるために、酔いつぶれたふりをするなんて！」彼女は愛情を込めたまなざしでベアを見た。「醜男にしては、チャック、女性の扱いを心得ているのね」

「特に年配の女性のね」ベアはいった。「それに犬と、よだれを垂らした子供の」

「好意的に解釈しよう」コリガンがいった。「クラフトはどこで寝ている？」

「エヴェレットおじさんのオフィスだ」

「誰だって？」

「グリズウォルドのじいさんさ。ハウィーのおじの」

「クラフトは蠟燭を持っていないだろう」

「必要ない。月の光がたっぷりと射し込んでいたから」

サリーは受付のデスクから、最初から会社を照らしていた蠟燭を取り上げた。そこから、デスクにあった一番手近な蠟燭に火をつける。

「わたしはスタジオで休むわ」彼女はそういって、ベアをちらりと見た。

彼はその隣に収まった。「きみを寝かしつけてやろう」ふたりは会社の廊下を進んだ。今夜のチャックの担当はこれかと、コリガンはうらやましく思った。ある特定の女性に対するベアの不思議な魅力には、彼は太刀打ちできなかった。

ワンダ・ヒッチーはクロゼットから重い布コートを出した。「わたしは化粧室の寝床に引っ込むわ」彼女はいった。「みなさん、おやすみなさい」

「待ってくれ」ターンボルトがデスクの端をつかみ、見るからに苦労して立ち上がった。「誰かが誰かを寝かしつけるなら、ぼくがきみを寝かしつけてやるよ、ワンダ」

ワンダの緑の目が、ターンボルトの状態を見た。彼が空けた席に自分のコートを広げ、彼の肘を取る。

「そんなんじゃ通路を戻ってはこられないわ。わたしがあなたを寝かしつけてあげる、トニー」彼女はドアのほうへトニーを促し、北西の角にあるコピーライターのオフィスへ向かおうとした。トニーはずっと彼女に寄りかかっていた。だがコリガンは、ドアにたどり着いたときにノブを回したのが彼なのに気づいた。ふたりはドアの向こうへ消えていった。ターンボルトは見かけの半分ほども酔っていない。コリガンはなぜだろうと思った。たぶん、口説けないほど酔っているとワンダに思い込ませる手なのだろう。ワンダにそれが必要とは思えないが。

戻ってきたとき、ワンダは蠟燭を持っていなかった。彼女はクロゼットへ行き、男物のトップコートを出して、ターンボルトのオフィスへ引き返していった。

ふたりの不運な巡査が、コリガンのところへ来た。「われわれはどうすればよいでしょう、警部?」年上のマロニーがいった。

「十一時半まで待たずに、今電話をしてみたらどうだ?」コリガンは提案した。「今夜はもう、電力は戻りそうにないからな」

マロニーは電話のところへ行き、ダイヤルした。もう一度ダイヤルする。三度目には、交換手を呼び出した。長く待たされたあと、彼は受話器に耳を傾け、むっつりとして受話器を置いた。

「全回線が混み合っているようです、警部。市内で足止めされている連中が、こぞって家に電話しようとしているのでしょう。まるで世界の終わりですよ。電話一本かけられないなんて！」

「どこで横になったらいいですか、警部？」若いほうの巡査がいった。

「殺人の起こった部屋を警備する必要があるので、バーンズ会計事務所ということになるな。しかし、ミス・グレイヴスはミスター・バーンズの所長室で寝ることになっていて、わたしは応接室のデスクを使おうと思う。その部屋だと、あとはむき出しの床で寝るしかない」

若いコーツは驚いたようだった。「つまり、死体と同じ部屋で寝ろということですか？」

「命令というわけじゃない、コーツ」コリガンは真面目な顔でいった。「しかし、そこなら絨毯が敷いてある。ただの提案だ。きみがそれに耐えられなければ、応接室の床に横になるか、椅子で寝てくれ」

マロニーが若い相棒にいった。「おまえはそうするといい、コーツ。わたしは死体はたっぷり拝んでいる。死者と並んで絨毯に寝るのは構わない」

「証拠をいじらないでくれよ、マロニー」コリガンがいった。

コーツは慌ててランタンに空気を送り、明かりをつけた。

ワンダ・ヒッチーがターンボルトのオフィスから出てきて、ドアを閉めた。蠟燭はターンボルトのために残してきたようだ。彼女はターンボルトがトップコートのポケットに突っ込んでいた懐中電灯を手にしていた。とび色の髪のオフィスの妖婦は、自分のコートを取り、全員にセクシーなおやすみの挨拶をすると、懐中電灯をつけて化粧室へ向かった。

コーツがランタンの明かりをつけたとき、チャック・ベアが戻ってきた。サリー・ピーターソンはそう簡単にものにならなかったようだ。利口な女だ！　ベアは女性を愛し、やがて捨てる。コリガンは私立探偵に同情するようなウィンクをしたが、不機嫌そうなしかめ面が返ってきた。

「おれが階段から落ちて首の骨を折らないよう、ペンライトを貸してくれるか？」ベアはうなるようにいった。

「帰るのか、チャック？」

「ああ。パーティは終わった」

コリガンは何もいわず、ポケットからライトを出し、彼に渡した。

「また明日」ベアはいい、太ったコピーライターに向き直った。「酒をご馳走さま、リング」

ジェフ・リングはかろうじてうなずいた。目を開けているのも大儀そうだ。ベアは嫌悪のうめきを漏らし、出ていった。

「ランタンを持ってきてくれ、コーツ。われわれの寝場所を確保しよう」マロニー巡査がいった。

「よろしいですか、警部？」

コリガンはうなずいた。ふたりの制服警官はコールマンを手に出ていった。

ずいぶんと暗くなった社内で、リングがだしぬけにナイトキャップの必要性を感じたようだ。

彼がよろよろとバーに近づくと、エヴァ・ベンソンがクロゼットに向かい、安っぽい毛皮のコートを出した。そして、応接室のソファに向かった。

コリガンは使われていない蠟燭を取り、受付のデスクの上で燃えている蠟燭に近づいた。

「わたしたちはこれを持っていき、テーブルの上のを残しておく」彼は受付係にいった。

相手はうなずき、蹴るようにして靴を脱ぐと、ソファに寝そべり、毛皮のコートをかけた。

コリガンがシビル・グレイヴスと一緒に出ていこうとしたとき、ミセス・ベンソンの声がした。

「もう十分飲んだと思わない、ジェフ？　蠟燭を消してよ。わたしは寝たいの」

ふたりはシビルのオフィスへ行った。死者が横たわる部屋のドアが開いていて、コールマンのランタンの明かりが漏れていた。コリガンは火のついた蠟燭とついていない蠟燭をシビルのデスクに置き、オフィスを覗いた。

ランタンは殺された男の同僚、ギル・ストーナーの席に置かれていた。オフィスの隅の、遺体とできるだけ離れたところで、マロニー巡査がしゃがんで絨毯の柔らかさを試している。コーツは不安そうに、ドアのそばに立っていた。

「結局そこで寝ることにしたのか？」コリガンは面白そうに尋ねた。

「外の木の床は硬すぎますから、警部」若いコーツがいった。

コリガンはデスクに戻った。最初の蠟燭でもう一本の蠟燭に火をつけ、溶けた蠟でデスクの上の灰皿に固定する。シビルはロッカーに近づき、丈の短いコートを出した。温かさよりもお洒落を優先させているようなコートだ。

「それじゃ毛布代わりにならないだろう、シビル。ここでひと晩過ごしたら、風邪を引いてしまう」

「これしかないのよ」

チャック・ベアのコートと帽子は、事務機器が置かれたテーブルから消えていた。しかし、コリガンのものはまだそこにあったので、彼はコートを取り、蠟燭のひとつを持って、彼女にいった。「お先にどうぞ、ミス・グレイヴス」

彼はシビルを〈所長　カールトン・バーンズ〉と書かれたドアに向かわせた。

16

コリガンは蠟燭とコートをバーンズのデスクに置いた。シビルは自分のコートを椅子の背にかけた。

彼女はコリガンのコートを見た。「わたしのためだというつもりなら、ティム、あなたを凍えさせるわけにはいかないわ」

「もう一枚ある場所を知っている」彼はいった。

相手は彼を見た。

「ブライアン・フランクは、今朝出勤するときにコートを着てきたはずだ。ロッカーにあるに違いない。彼のより、わたしのを使うほうがいいだろう」

彼女のほほえみに、コリガンの心は温まった。室内のドラマチックな薄暗さ、窓の外の暗闇、二十一階を包む沈黙には、彼を不意にぞくぞくさせるものがあった。なじみのあるうずきを下半身に感じる。おいおい、落ち着け！

「警察官が繊細になれるとは知らなかったわ。その通りよ、ティム。馬鹿げているとは思うけれど、ブライアンのコートの下では寝られそうにないわ」

「寝床を選んでくれれば、布団をかけてやろう」彼はあたりを見回した。「きみのところの所長が、オフィスに長椅子を置きたがらなかったのはあいにくだったな」

彼女は笑った。「年を取りすぎているもの」

「寝床を選んでくれ、お嬢さん」

彼女は窓に一番近い敷物の端を選んだ。彼はカールトン・バーンズの回転椅子から分厚い気泡ゴムのクッションを取り、枕代わりに床に置いた。彼女は横になり、靴を脱いで、彼を見上げた。

「敷物が柔らかいって誰がいったの？　明日の朝起きたら、全身の骨が折れている気分になるに違いないわ」

彼は返事をしなかった。どういうわけか、口をきくのが難しかった。シビルのコートを彼女の上半身にかけ、自分のを脚にかける。それから、デスクの上に立てた蠟燭の横に、何かを置いた。

「それ何、ティム？」彼女がささやいた。

「マッチだ。夜中に起きなきゃならないときのためにね」

彼は蠟燭を吹き消すと、窓のところへ行ってベネチアンブラインドを調節し、月明かりを遮った。シビルは彼をじっと見上げていた。応接室のデスクに残してきた蠟燭の明かりが、部屋にかすかな光を投げかけている。コールマンのランタンからの明かりはもはやなかった。コーツがそれを消したか、死体のある部屋のドアを閉めたかのどちらかだろう。

「おやすみなさい、ティム」彼女がそういうのが、かろうじて聞き取れた。

「まだきみを寝かしつけていない」

それは、ふたたび彼女のそばへ行く口実だった。彼にもそれがわかっていたし、彼女にもわかっていた。それでも、意図したものだとは思わなかった。コリガンは彼女の横にひざまずき、コートをいじりはじめた。彼女の目がかすかに光っているのがわかる。まるで、彼が蛇で、魅入られているかのようだ。そうなのかもしれない、と彼は思った。なぜこんなことをしているんだ？ 何にのめり込んでいる？ なぜほかの人々でなく、この女性なんだ？ アイルランド人だからではない。少なくとも、そうではないと思っている。熱狂的な愛国心などない……。彼女の腕が、コリガンの首に絡みついた。

それはまったくの驚きだった。この時点まで彼は、自分だけの邪《よこしま》な考えだと思っていた。この女性が外からの力に促されて、ほかの状況なら思いとどまるに違いない行動を起こすとは思わなかった。次にコリガンが気づいたとき、彼はシビルの隣に横たわっていた。ふたりは抱き合い、恋人同士のようにキスをしていた。

一度、彼女は息をするために顔を離した。コリガンの首に回した腕は緩まなかった。彼に密着する体は、綱渡りの綱のように張りつめていた。

「ここで寝て、ティム」彼女はささやいた。「わたしと一緒に」

コリガンは体を自由にし、立ち上がっているのに気づいた。頭がひどく混乱しているのがわかる。「すぐに戻る」

彼は応接室へ行き、蠟燭を吹き消した。戻ってくると、ドアを閉めた。

暗闇の中で靴を脱ぎ、上着を脱いでネクタイを緩めた。手探りで彼女のところへ行くと、彼女はコートで間に合わせに作ったベッドカバーを持ち上げた。彼はその下に滑り込み、ふたりは抱き合った。

まだ互いを探っている段階で、コリガンは職業病に襲われた。彼女は酔っていない。彼の肉体とその行動を傍観する心の声が告げる。彼女とは今夜会ったばかりだ。なぜこんなふうに体を差し出す――こんなに急に――これほど自発的に？　これは演技なのか？　だとすれば、何のために？

最初にこの分析がひらめいたときから、答えはわかっていた。彼女はコリガンが自分に興味を持っているのを見抜き、その感情を刺激した。彼女には、コリガンに感情的にのめり込んでほしい理由があり、その理由は、最初から彼の片目の前にあった。

張り出しの一件は、まったくの奇抜な空想だ。誰も張り出しに沿って歩いたりしていない。これはごく単純な事件だ。二十一階にいた人間で、ブライアン・フランクのオフィスに直接入ることができたのは彼女だけだ。応接室からオフィスに入り、彼を撃ち殺したのだ。そのほかのことは、全部推理小説の中の話だ。

当然、彼女はコリガンのためらいに気づいた。

「どうしたの、ティム？」彼女は訊いた。ささやく声に不安がにじんでいる。「何かあったのね」

有利な証拠も不利な証拠もひとつもない。コリガンは絶望的に思った。いまいましい訓練のせいにすぎない。彼女は完全に無実かもしれないんだ。

「何でもない」コリガンはつぶやいた。ちょうどそのとき、応接室の電話が、雄鶏の声のように響きわたった。

「出て」シビルが慌てたようにいった。「早く、ティム。ブライアンの部屋で寝ている警察官が起きちゃう」

彼は立ち上がり、特に考えもなく手探りでカールトン・バーンズのデスクに近づいて、マッチ箱をつかんだ。その拍子に蠟燭に手が当たり、灰皿に固定していた蠟がぐらついた。蠟燭がデスクから転がり、ごくかすかな音を立てて敷物の上に落ちるのが聞こえた。

その頃には、電話は三度鳴っていた。コリガンは素早く部屋を横切ってドアに向かい、手探りでノブを開けると、シビルのデスクのある方向へ急ぎ足で向かった。受話器に触れ、六度目のベルの間に取り上げる。そのとき、会計士の部屋のドアが開いた。若いコーツが火のついたマッチを手に立っている。

「わたしが取った、コーツ」コリガンはいった。それから受話器に向かって答えた。「もしもし?」

聞き覚えのある女性の声がした。「コリガン警部ですか?」

コーツが部屋に入ってきた。指を焦がすマッチを消し、もう一本擦って、デスクの上の蠟燭に火をつける。

「そうです」コリガンはいった。「あなたは?」

「ラヴァーン・トーマスです、警部。グリズウォルド宝石の、自分のオフィスにいます」

「ええ。どうしました?」

「最初にアダムズ広告代理店にかけたんです」簿記係はいった。「ミスター・リングが出て、あなたがバーンズ会計事務所で夜を明かすといったので。お邪魔でした?」

「何かあったのですか、ミス・トーマス?」

「わたし、横になって考えていたんです。それで突然、ミスター・フランクが殺されてからずっと引っかかっていたことに気づきました。思い過ごしじゃありません。来ていただけますか、警部?」

今では彼はすっかり警戒していた。「もちろんです。二、三分待っていてください。ちゃんと服を着ていないので」

「急がなくて結構です、警部。わたしは眠くありませんので。わたしの話を聞いても信じられないでしょう。でも、何の話かは想像がつくはずです」

「ブライアン・フランクを殺した人物を知っているのですね」コリガンはだしぬけにいった。

「ええ」

「誰です？」

答えはなかった。彼は「もしもし、もしもし」といったが、電話が切れているのに気づいて、乱暴に受話器を置いた。

コリガンはコーツを見た。若い巡査は、オーバーと靴以外は完全に服を着ていた。その目は、開いたドアからシビルが横たわっている暗がりをじっと見ていたが、コリガンに見られているのに気づくと慌てて目をそらした。

「ランタンの明かりをつけてくれ、コーツ」警部は短くいった。「通路の向こうに用がある」

会計士の部屋の戸口から、マロリー巡査がまばたきしながらいった。「何かあったのですか、警部？」

「応援が必要なことじゃない。ふたりとも、寝ていてくれ」

彼はコーツが遺体のある部屋のドアを閉めるまで待ってから、急いでカールトン・バーンズのオフィスに入った。応接室からの蠟燭の明かりで、シビルが立ち上がり、服を直しているのが見えた。

彼女は上の空で、きまり悪そうだった。考え直したか？　しかし、彼女に関わっている暇はない。ラヴァーン・トーマスの情報で、事件は終わるかもしれないのだ。きわどいところで助かった。カールトン・バーンズのオフィスであのまま行為を続けていたら、警察バッジを犠牲にするところだった。それでも、まだ危険はあった。バーンズの部屋の開いたドアをコーツに見られたのと、コリガンが応接室で寝た形跡がないことは、事態を察するに十分だ。若い巡査の分別に頼るしかない。

コリガンは素早く靴を履き、上着を着て、ネクタイを締め直した。最後の仕上げをしているとき、会計士の部屋のドアが開く音がして、コールマンのランタンの明るい光が目に入った。彼はバーンズのオフィスを出て、ドアを閉めた。

「ミス・グレイヴスに、何も心配ないといっていただけだ」コリガンはいった。「寝ろといったはずだぞ」

コーツは真面目な声でいった。「ランタンが必要かと思いまして」

「ああ、ありがとう、コーツ。さて、本当に眠ってくれ」

「了解しました」

彼はコーツが立ち去るのを待った。それからデスクの上の蠟燭を吹き消し、コールマンを手に通路に出た。

驚いたことに、グリズウォルド宝石の入口に鍵はかかっていなかった。ショールームはがらんとしていた。左右の部屋に通じるドアは閉じている。

彼は右手の、何も書いていないドアを叩いた。ラヴァーン・トーマスのオフィスだ。

「ミス・トーマス？」

答えはなかった。何だかんだいって寝てしまったのだろう。そう思い、彼はドアを開けた。

ラヴァーン・トーマスは、デスクの後ろの床に仰向けになっていた。デスクの上の蠟燭は燃えている。突き当たりの壁近くで、床の敷物の上に広げられた女物の布コートが、彼女が寝ていた場所を物語っていた。ハンドバッグとウォーキングシューズが一足、そばに転がっている。

白髪交じりの女は大きく目を見開いていたが、その目は何も見ていなかった。ペーパーナイフとおぼしき革製の柄が、彼女の平らな胸の真ん中に、所有権を表す標識のように突き出ている。血はほとんど流れていなかった。

コリガンは時間を無駄にはしなかった。彼女は死んでいるか、手のほどこしようがない状態になっているかのどちらかだった。そして、部屋にはほかに誰もいなかった。

彼はオフィスを出て、空のガラスケースが並ぶショールームを数歩で突っ切り、エヴェレット・グリズウォルドの専用オフィスのドアに突進した。

彼はコールマンのランタンを高く掲げた。

ハワード・クラフトが、時限式金庫室の前の絨毯に置かれた群青色の大型ソファの上で、ドアに背を向け、胎児のように丸くなっていた。ドアが開く音と光に彼は飛び起き、まぶしさに目を細めたあと、まばたきを始めた。口は半開きになっている。

「何を――」彼は回らない舌でいいかけた。

コリガンはふたたびショールームから通路に出て、斜めに突っ切り、サリー・ピーターソンのスタジオの何も書かれていないドアへ向かった。ドアを押し開けたとき初めて、それが自動ロックだったことに気づいた。ピーターソンのほうで、チャック・ベアが戻ってくることを期待していたことを示しているのではないか。あるいは、前もって示し合わせていたのか？　それとも……何か別の理由があるのだろうか？

ブロンドは寝椅子に横になり、上半身にコートをかけ、絵の具が飛び散った画布を脚にかけていた。彼が飛び込んでくると、鋭い目がぱちりと開いた。

「わたしの寝室で何してるの？」

彼女はけんか腰ではなく、愛想よくいった。スタジオにはほかに誰もいなかった。

コリガンは答えず、足も止めなかった。ドアを駆け抜け、社内の廊下に出て、ランタンであたりを照らしながら急ぎ足で応接室へ向かう。小柄なエヴァ・ベンソンは、ソファの上で毛皮にくるまり、子供のように眠っていた。ジェフ・リングは近くの安楽椅子に大の字になり、コーヒーテーブルに足を乗せ、トップコートを首まで引き上げて、いびきをかいていた。

ミセス・ベンソンが目を開けた。体を起こし、ぞっとしたようにコートをつかむ。リングは詰め物をしすぎた椅子の上で身じろぎをしただけで、首を滑稽な角度に曲げていた。しかしコリガンは、彼のいびきがやんだのに気づいた。寝たふりをしているのか？　考えている時間はなかった。仕切りのスイングドアをくぐり、応接室を横切って、四歩でコピーライターのオフィスのドアにたどり着いた。

トニー・ターンボルトは自分とリングのデスクをくっつけ、できるだけ長くなれるよう斜めに横たわっていた。椅子に置いてあったクッションをふたつ使って枕にし、トップコートを毛布にしている。ドアが開き、コールマンの光が入り込むと、彼は身じろぎした。

コリガンは彼のところへ行き、荒っぽく揺さぶった。ターンボルトはまぶたを震わせ、目を開けたが、ランタンの光にすぐに閉じた。

「いったい何なんだ？」彼はぶつぶついった。

コリガンはランタンを床に置いた。相手の足首を持ち、引っぱる。ターンボルトは床に転げ落ちないために起きなくてはならなかった。トップコートが滑り落ち、コリガンは彼が靴以外は完全に服を着ているのに気づいた。カラーやネクタイを緩めてすらいない。

「何のつもりです？」ターンボルトは怖い顔でいった。

「起床だ」コリガンはいった。「別の殺人が起こった」

「え？」ターンボルトはぽかんと口を開けた。目は充血している。濃いひげが目立ちはじめていた。酔っぱらいらしく見える。

しかし、とコリガンは思った。すべてが演技かもしれない。確かに大酒を飲んでいたが、許容範囲だとしたら？　コリガンは今も、ターンボルトが見かけの半分も酔っていないのではないかという印象を拭えなかった。

コリガンは部屋を走り出て、応接室を突っ切り、共用通路に出た。通路の後方に急ぎ、女性用化粧室のドアをためらいもなく開けた。

すぐ内側がパウダールームになっていた。その奥に洗面台とトイレがある。パウダールームにはベンチ付の化粧台が置かれ、反対側の壁に寝椅子があった。ワンダ・ヒッチーは寝椅子の上で、コートをかけて寝ていた。

あのストーナーという男がビルの周辺に隠れていない限り、二度目の殺人があったとき、疑わしい人物は全員が眠っていたようだ。少なくとも、ひとりは除外できる。シビル・グレイヴスには完璧なアリバイがあった。

コリガンは、彼女が自分の母親でもあるかのように、ほっとした。

17

ヒッチーは起き上がり、コリガンに裸を見られたかのように、コートを体に巻きつけた。だが、実際は靴を除いてきちんと服を着ていた。

「あなた何なの？　変態？」彼女は叫んだ。「ここは女性用化粧室よ！」

「起きて、アダムズの事務所へ来てください」コリガンはいった。

「どうしてわたしが？」彼女は小さい子供のように口を尖らせた。口紅がにじみ、間が抜けて見える。

「わたしがそうしろといったからです。別の殺人が起こりました」

ドアが彼女の悲鳴を遮った。

ハワード・クラフトが、通路の反対側のグリズウォルド宝石から出てきた。信じられないといった口調で彼はいった。「警部、ラヴァーンが中で――中で――その――」

「知っています」コリガンはいった。「ほかの人たちと二一〇三号室へ行き、待っていてください」

彼は二一〇一号室へ戻った。カールトン・バーンズのオフィスのドアと、会計士の部屋のドアは、どちらも開けっぱなしになっていた。死者のいる部屋は真っ暗だったが、シビルは床に転がった蠟燭を拾い、マッチで火をつけていた。その明かりの中で、彼女は身を屈めて髪を直し、デスクに置いたコンパクトで顔を確かめていた。

ランタンの光が応接室を満たすと、シビルが戸口に走り出てきた。

「何だったの、ティム？」彼女は訊いた。

「誰かがラヴァーン・トーマスにナイフを突き立てた」

彼は考える間もなく答えた。それは容疑者を揺さぶり、本音を引き出すテクニックだった。しかし、シビルはもはや容疑者ではない。ラヴァーン・トーマスはブライアン・フランクを殺した人物の名前を明かそうとした。それは当たっていたに違いない。あるいは、少なくとも殺人犯はそう思っていた。いずれにせよ、ラヴァーンの口を永遠に封じた人物が、フランクを撃ち殺した人物に違いない。そして、シビルがミス・トーマスを殺せなかった以上、彼女はフランク殺しの容疑者から外される。

シビルはショックを受けたようだ。青い目が、突然の豪雨でできた水たまりのように大きくなり、身をすくめて彼から離れた。

「すまなかった」コリガンはいった。「残酷ないい方だった」

「かわいそうなラヴァーン」彼女にいえたのはそれだけだった。

マロニーとコーツが、ちょうど会計士の部屋から出てきた。

「おっしゃったことは本当ですか、警部？」マロニーが心配そうに訊いた。「何者かが、ミス・トーマスをナイフで襲ったと？」

「何者かが、ミス・トーマスをナイフで殺したんだ」コリガンはいった。「確かめてはいないが、心臓に六インチの鋼をめり込ませて、生き延びられる者はいないだろう。靴を履いてくれ。最初からやり直しだ」

混乱したシビルは、自分に向かって命じられたと思ったようだ。手探りでカールトン・バーンズのオフィスに戻り、靴を手に出てくると、座りもせずにそれを履いた。

彼らは一団となって二一〇一号室を出た。

「シビル」コリガンは優しくいった。「ほかの人たちと一緒に広告代理店にいてくれ。すぐに行く」

彼女はごくりと唾をのみ、それに従った。二一〇三号室の前を通ったとき、かすかなざわめきが聞こえた。白い顔が見ているのに気づいたが、彼はすぐに忘れた。

ラヴァーン・トーマスのオフィスを隅々まで調べたが、何の手がかりも出てこなかった。本人はすでに冷たくなりかけていた。コリガンの判断は正しかった。触れないように、彼女の胸から突き出た革製の柄を子細に見る。確かにペーパーナイフの柄だ。

彼女はメモを残していなかった。何も残していない。コリガンが来ることを期待して、もっと危険な訪問者を招いてしまったのだ。

彼は悪態をつきたい気持ちになった。代わりにショールームへ行き、受話器をハンカチでくるんで本部に電話した。だが、返ってきたのは話し中の音だけだった。

「くそっ」彼は受話器を戻した。「いずれにせよ、今夜のところは規則はお預けだ」

彼はアダムズ広告代理店に向かった。全員がそこで待っていた。

コリガンはスイングドアを開け、仕切りの上にランタンを置いた。ふたりの警官がドアを固めた。

「誰が彼女を撃ったの？」サリー・ピーターソンが訊いた。

頭を使ったか？　コリガンは思った。その質問は、ラヴァーン・トーマスがどうやって殺されたか知らないことを巧みに物語っていた。

「ミス・トーマスの死因を、誰にも聞いていないのですか？」

明らかに、同じ考えがワンダ・ヒッチーの頭にも浮かんだようだ。「ラヴァーンは刺し殺されたのよ。あなたは知らないようなことをいってるけど」彼女は吐き捨てるようにいった。

サリーは文書係を見た。「何がいいたいの？」

コリガンはヒッチーにいった。「あなたはなぜ、彼女が刺殺されたと知っているんですか？」

「ハウィーが見たのよ。彼女のペーパーナイフが、胸に刺さっていたって」

コリガンはハワード・クラフトを見た。「凶器に見覚えがあるのですか？」

「ええ」宝石商はいった。その声はまだ震えていた。「まだ生きているんじゃないかと思って、じっくり見たんです。彼女はあのペーパーナイフをデスクに置いていました」

すると、凶器は手がかりにはならないということか。殺人者が指紋を残しておくほど親切なら別だが。コリガンは、殺人者の親切心にほとんど期待できなかった。

彼は仕切りのところまで来て、ジェフ・リングを見下ろした。

「ミス・トーマスが刺される数分前、わたしは電話で彼女と話した。彼女はまずここに電話したそうだ、リング」

コピーライターはうなずいた。すっかりしらふに戻っているようだ。「その電話で、エヴァとわたしは起こされたんです。あなたがここに踏み込んできたとき、ちょうど寝直そうとしていました」

「わたしもよ」受付係がいった。

コリガンはふたりを見た。「電話のあと、どちらもここを離れなかったのですね?」

リングが先に、その意図を察した。「またしても、お互いのアリバイを証明できるというわけです、警部」

「ぼくを見ないでくださいよ」トニー・ターンボルトがとげとげしくいった。「酔いつぶれていたんですから」

コリガンはいった。「目覚ましい回復ぶりのようですね」

「オフィスの窓から吐いたんです。信じないなら、張り出しを見にいってください」

エヴァ・ベンソンがぞっとしたようにいった。「ギル・ストーナーが帰ってきたに違いないわ。ずっとこのビルをさまよっていたのよ」

「馬鹿なことといわないで、エヴァ」サリー・ピーターソンがぴしゃりといった。「現実に向き合ったほうがいいわ。わたしたちの誰かが殺人者なのよ。あなたとジェフは、どちらの殺人でもお互いのアリバイを証明したし、ラヴァーンは最初の殺人でハウィー・クラフトのアリバイを証明した。罪を着せられるのはわたしと、ワンダ、トニー、シビルよ」

コリガンは滑らかな口調でいった。「ミス・グレイヴスは、わたしが応接室でラヴァーンからの電話を取ったとき、所長室で寝ていました。カールトン・バーンズのオフィスから共用通路に出るドアはありません――グリズウォルド宝石店のオフィスに行くにはわたしの前を通らなくてはなりませんが、彼女は通りませんでした。ミス・グレイヴスは無実です」

彼は若いコーツが妙な目つきで見ているような気がした。シビルの目は純粋に賛美していた。いずれにせよ、大事なところは合っている。彼女にできたはずがない。

トニー・ターンボルトはワンダ・ヒッチーに、同じとげとげしい口調でいった。「ぼくは無実だから、あとはきみとサリーに絞られる」

「ありえないわ！　あなたの言葉を誰が信じるっていうの？」彼女はかんかんに怒っていた。

「話を元に戻しましょう」コリガンはいった。「リング、あなたはミス・トーマスと電話でどんな話をしましたか？」

「あなたがまだここにいるかと訊かれました。わたしはいないと答え、バーンズ会計事務所に電話するようにいいました。あなたはそこで寝るといっていましたから」

「正確な会話を繰り返してください。思い出せる限り」

「わかりました」太ったコピーライターはすぐにいった。「わたしは受話器を取り上げ〝アダムズ広告代理店です〟といいました。みんなやっているようにね。夜のこんな時間に仕事の電話が来るわけはないのですが、習慣で」

「わかります。続けて」

「ラヴァーンがあなたを出してくれといいました。わたしは彼女に――」

「彼女が実際にどんな言葉を使ったか、あなたがどんな言葉で答えたかを知りたいんです」

「彼女は〝ミスター・リング？　ラヴァーン・トーマスよ〟といいました。ハウィー以外は苗字で呼ぶんです。わたしたちのほとんどは、彼女をラヴァーンと呼んでいますがね。わたしは〝ああ、きみか、ラヴァーン〟といって、それから――」

コリガンがまた遮った。「あなたは〝ああ、きみか、ラヴァーン〟といったのですね？」

リングは戸惑ったようだった。「そういったと思いますが」彼は小柄な受付係をちらりと見た。「ラヴァーンの名前を出したよね、エヴァ？」

彼女は勢いよくうなずいた。

すると、リングの会話を耳にした誰もが、会話の相手が誰だかわかったわけだ。コリガンは「わかりました」といった。

リングがいった。「彼女は〝警部はまだそこにいる？〟といいました。〝いいや、コリガン警部はバーンズ会計事務所で寝ているよ。みんな床についている〟というと、彼女は〝ありがとう、ミスター・リング〟といって、電話を切りました」

「わたしの名前を口にしたのは確かなのですね？　〝彼は〟バーンズ会計事務所で寝ている〟とはいわなかったのですね？」

リングはおどおどしているように見えた。「それがわたしの言葉だったと思います、警部」またしても、彼はミセス・ベンソンに訴えた。

「彼はあなたの名前を口にしていました、警部」彼女はいった。「なぜなら、ジェフが電話を切ったとき、今の電話は何だったのか訊きませんでしたから。わたしは彼にこういったのを覚えています。〝ラヴァーンが、急にコリガン警部に何の用かしら？〟って」

コリガンは探ろうとしていた答えを手に入れた。電話を盗み聞きした誰もが、かけてきたのが誰で、何の用かを知ることができた。電話のベルはターンボルトのオフィスからも、サリー・ピーターソンのスタジオからも聞けたはずだ。ターンボルトは自分の部屋のドアを少し開ければ盗み聞きができる。サリーは誰にも見られずにスタジオを出て通路を歩き、話が聞こえる場所まで来ることができる。通路は真っ暗だったからだ。そして、どちらもひとりきりでいた。

静まり返ったビルの中では、ワンダ・ヒッチーでさえも化粧室から電話のベルを聞くことができただろう。忍び足で通路をやってきて、話を聞けたに違いない。

ラヴァーンがジェフ・リングにかけた電話を、殺人者が聞いていたのは間違いない。彼女がコリガンにかけた電話の内容を聞くために、ラヴァーンのオフィスのドアまで行く時間もあっただろう。

機会は三人の容疑者にほぼ平等にあった。サリー・ピーターソンはアダムズ広告代理店の廊下からスタジオに戻り、スタジオのドアから共用通路に出ることができた。戻ってくるときのために、ドアに鍵がかからないようにして。ワンダはすでに共用通路にいたため、もっと早くラヴァーンのオフィスにたどり着くことができる。トニー・ターンボルトは、通路に出るのにオフィスから張り出しを伝わなくてはならないが、北の窓から通路の突き当たりの窓までは、ほんの数フィートだ。そして、以前調べたときに、通路の窓に鍵がかかっていないことがわかっていた。

酔ったラヴァーンのとりとめもない話に、もっと注意を払っていればとコリガンは思った。だが、実際はそうしなかった。そして彼の無関心のために、彼女は命を犠牲にしなくてはならなかった。なぜ、あの気の毒な女性の話を真剣に聞かなかったのだろう?

聞いていた人間はいた。ラヴァーンが彼になにをいおうとしていたにせよ、いわせるわけにはいかないと考えた人間が。

コリガンの冷静な声には、そんな思いはみじんも感じられなかった。「ミス・トーマスはわたしに、ブライアン・フランクを殺した人物を教えようとしていました。明らかに、それが誰かを指し示す出来事を思い出したのでしょう」彼はハワード・クラフトを見た。「あなたはここにいる誰よりも彼女の近くにいました、クラフト。一緒に働いていたわけですから。それが何なのか、心当たりはありませんか?」

ハウィー・クラフトの緊張した青白い顔が、左右に揺れた。「あいにく、ぼくには――」

彼ははっとしたように言葉を切った。

「どうしました?」コリガンが素早く尋ねた。

クラフトはゆっくりといった。「ひょっとしたら、わかるかもしれません」

コリガンは安堵の波が押し寄せるのを感じた。これかもしれない。

18

宝石商はいった。「一週間ほど前──先週の水曜日のことでした──エヴェレットおじさんがいつもの四時半に退社したあと、ぼくは男性用化粧室へ行ったんです。五分とかかりませんでした。戻って、ラヴァーンのオフィスに顔を出すと、彼女はおじさんの部屋で何をしていたのかと尋ねました。ぼくは化粧室に行っていて、そこにはいなかったと話すと、彼女はショールームを見たときにちょうどエヴェレットおじさんのオフィスのドアが閉まるのが目に入ったというんです。ぼくが外に出ているときのことだと思いますが、彼女はショールームにぼくの姿がなかったので、てっきりぼくと思ったようです。普段なら、彼女は特に気にも留めなかったでしょう。ぼくは一日じゅう出入りしていますから。ただし、部屋に閉じこもることは決してありませんでした。つまり、エヴェレットおじさんがいないときに、オフィスに用事がある場合、出てくるまでドアは開けっ放しにしておくんです。だから彼女は、そのときに限ってドアが閉まったことが気になったのでしょう。ぼくじゃないといったあと、ふたりでエヴェレットおじさんのオフィスを確認しにいきました。しかし、誰だったにせよ、その人物はいなくなっており、空き巣やその他の形跡もありませんでした。おじさんの銃がなくなっているかどうかを確かめようとは思いませんでした——誰がそんなことを思いつきます？　しかし、ラヴァーンが思い出したのはそのことに違いありません」

コリガンはかぶりを振った。「それでは足りません、ミスター・クラフト。あるいは、まったくの見当違いかもしれない。仮にミス・トーマスが突然思い出したのがそのことだったとしても、入ってきたのが誰だかわからなければ、誰かを有罪とするような証言がどうしてできます？　それとも」彼はゆっくりといった。「わかっていたのですか？」

「わかっていたと思います」クラフトはいった。「その日、金庫のタイマーをセットしたあと、ラヴァーンがエヴェレットおじさんのオフィスで、屈んで何かを拾い、こういったのを覚えています。〝ああ、誰のか知ってるわ。返しておくわね〟と。何を見つけたのかと訊こうとしたとき、おじのデスクの上の電話が鳴り、ぼくは出なくてはなりませんでした。顧客からで、何分か話をしました。ラヴァーンは通路に出て、その何かを返しにいったと思いますが、ぼくがようやくエヴェレットおじさんのオフィスを出てきたときには戻っていて、ぼくはそれが何だったのかも訊きませんでした。電話のせいで、その一件を今まですっかり忘れていたんです」

「彼女が拾ったものを見なかったのですね？」

クラフトは首を振った。「小さいものだったと思います。でなければ、ぼくもオフィスに入ったときに気づいたでしょうから」彼は青白い顔で不安そうにサリーからワンダ、ターンボルトを眺め、それから目をそらした。「はっきりいっておきたいのですが、ぼくはそれが何で、誰のものなのか知りません。誰かがぼくを――彼にとって――あるいは彼女にとって――危険な存在だと思わないようにいっておきます」

ワンダ・ヒッチーが彼を睨みつけた。ターンボルトは自分を抑えているように見えた。サリー・ピーターソンはくすくす笑った。

「うまいことというのね、ハウィー。まだぴんと来ない人のためにいっておくと、ハウィーの言葉は、わたしたちのひとりが殺人狂だと指摘しているのよ」

ワンダがいった。「小さいもの？　あなた、よくイヤリングの片方を落とすわよね、サリー」

ブロンドの芸術家は笑った。「ラヴァーンが見つけたのはマリファナかもしれないわ。そうなると、明らかにあなたよね」

「もう結構」コリガンはいった。「ほかに、つけ加えることがある者は？」

誰もいなかった。そこでコリガンは全員に、寝床に戻るようにいった。彼らがいなくなると、コリガンはマロニーとコーツを通路に連れ出した。彼は若いコーツに、バーンズ会計事務所に戻り、ブライアン・フランクの遺体を見張るようにいった。そしてマロニーには、ラヴァーン・トーマスのオフィスに詰めるよう指示した。

「この事件について正直に報告したら」コリガンは英雄ぶることなくいった。「パトロール警官に逆戻りだろうな。きみたちのどちらかを最初からフランクの死体の見張りにつけ、ラヴァーンが何か引っかかっているといい出したときに、もうひとりを彼女の護衛につけるべきだった。まるでこの世の終わりが来たような気分だ。自分の馬鹿さ加減を、それ以外の言葉で表現できない。この殺人者に、二度と出し抜かれないようにしなければ。両方の殺人現場に鑑識が来るまで、あらゆる証拠を守らなくてはならない。納屋の扉を閉めても、馬はまだそこにいるかもしれないんだ」

ふたりの警官は、コリガンの言葉に驚いたようだった。だが、思えば彼らはこれまでコリガンの下で働いたことがなかった。

マロニーは彼らとバーンズ会計事務所に戻り、制服のオーバーを取った。そして、蠟燭を手にグリズウォルド宝石へ向かった。コリガンはもう一度本部に電話をした。やはり回線は混み合っていて、今回は管理者もつかまらなかった。彼はシビルのデスクの上の蠟燭に火をつけ、コーツにランタンを返した。コーツは会計士の部屋へ入ったが、ドアは開けたままだった。コリガンはランタンが消えるのを待ってから、もうひとつのオフィスのドアをそっと開けた。

部屋は暗かったが、応接室のデスクに置かれた蠟燭の明かりで、彼女が窓の下で二枚のコートにくるまっているのが見えた。

彼はその傍らにひざまずいた。

「今なら、頭がはっきりした状態できみにキスできる」彼は低い声でいった。「さっきの続きがしたいか？」

「ティム」彼女はコリガンにしがみついたが、やがて彼を押しやった。「誤解しないで。でも、ラヴァーンのことがあったから——おぞましいことのような気がして……」

「わかるよ」彼は優しくいい、シビルにキスをした。それから立ち上がり、ドアを閉めた。

コリガンはデスクの上から蠟燭を取り、会計士のオフィスに引き返すと、ロッカーからブライアン・フランクのトップコートを出した。若いコーツはすぐさま片肘をついて起き上がり、リヴォルヴァーを手探りした。「わたしだ、コーツ」コリガンはそういって曖昧にうなずき、部屋を出た。

蠟燭を消す前に、彼は腕時計を見た。

午前零時二十分。

信じられない。このバウアー・ビルディング二十一階を、少なくとも一年はさまよっているような気がする。

そして、ベッド代わりにしたシビルのデスクは、プリマスロックに匹敵するほど寝心地が悪かった。

シビルの腕のほうがずっと柔らかかったな、と彼は思った。

そして、眠りに落ちた。

まぶしい光に、コリガンは深い眠りから目覚め、跳ね起きた。天井の明かりがついている。シビルのデスクのスタンドも。

腕時計を見ると、五時二十八分だった。

廊下からかすかに日の光が差し込んでいるので、午前だろう。壁掛け時計はまだ五時十八分を指していたが、赤い秒針は動いていた。電気が通じたのだ。

町じゅうの人々が、時計を合わせるのに大した苦労をしなくて済みそうだ。停電していた時間は、ちょうど十二時間と十分だった。

天井の照明は会計士のオフィスでもついていた。コーツ巡査がドアから顔を出し、コリガンに向かって目をしばたたかせた。

「おはようございます。日常に戻ったようですね」

「それには」コリガンはむっつりといった。「もう少し時間がかかるだろう」

コーツはまた引っ込んだ。靴を取りにいったのだろう。コリガンも靴を履き、目をこすって眠気を追い払うと、刑事局に電話した。奇跡的に電話はつながった。エド・タッガー警部補が、交代要員の手配をしていた。コリガンは手短に事情を説明し、コーツとマロニーと交代させるための無線車のチーム、鑑識と指紋採取係、監察医、写真係、それに死体運搬車を要請した。

「速記者も必要だ」コリガンはいった。「全員を本部に連れていくより、ここで供述を取るほうが簡単だろう。だが、速記者はあとでいい――そうだな、十時頃で。鑑識が仕事を始めたら、家に戻ってシャワーを浴び、髭を剃りたい」

「わかりました」タッガーはいった。「ふたりの巡査の交代要員は十分以内に送ります。ほかは、できるだけ早く手配します」

コリガンが電話を切ると、ジェフ・リングが顔を覗かせた。目の周りは赤く、籠に入った卵のように頭を運んでいる。

「全部終わりましたね、警部」リングはいった。「もう帰ってもいいですか?」

「すぐにそっちへ行って、皆さんに話をします」コリガンはいった。

コーツが別の部屋から出てきた。「トイレに行ってもよろしいですか、警部?」

コリガンはうなずき、若者は出ていった。コリガンはシビルが寝ている部屋を覗いた。彼女はまだ二枚のコートにくるまっていた。

彼は天井の明かりをつけた。シビルは驚き、目をしばたたいて起き上がった。彼は感心して相手を見た。寝乱れていても、髪一本乱れていないときと同じくらい魅力的だ。

「電気が戻ったのね!」彼女はあくびをした。「今、何時?」

「五時半ちょっと過ぎだ」

彼女は顔をしかめた。「家に帰るには遅すぎるわね。でも、どっちにしても帰らなきゃ」

「きみは雌のラクダ並の許容量があるみたいだな」コリガンはにやりとした。「ゆうべは手洗いに行かなかっただろう。行っておいたほうがいい」

「何て厚かましいの!」彼女は勢いよく立ち上がり、靴を履いた。「全部見てたのね? あなたと暮らしたら、本当にうんざりしそう」

「そうでもないかもしれない」彼はそういって、一歩前に出た。

「今は駄目」シビルはいかにもアイルランド人らしい笑みを浮かべると、ハンドバッグをつかんで女性用化粧室に向かった。

「終わったら、アダムズ広告代理店へ来てくれ」彼は後ろから声をかけた。

彼は自分もトイレに行っておこうと思った。男性用化粧室に向かう。

二十一階の人々が全員トイレを済ませる頃には、コーツとマロニーの交代要員が到着した。ひとりは太りすぎのベテラン、ベンツ巡査部長、相棒はウィーラーという新人だった。コリガンはウィーラーをエレベーターに配置し、到着した警察関係者を彼のところに案内させるとともに、グリズウォルド宝石とバーンズ会計事務所のドアを見張らせた。権限のない者が、殺人のあった部屋に迷い込まないようにするためだ。ベンツ巡査部長は自分のそばに置いた。

全員がアダムズ広告代理店に集まったときには、エヴァ・ベンソンがインスタントコーヒーを淹れていた。リングとターンボルトが最初にカップを手にした。ふたりともひどい二日酔いのようだ。サリー・ピーターソンはやつれて見えた。ほかの人々は、驚くほど体調がよさそうだった。

コリガンが姿を見せると、家に帰らせてくれという声があがった。コリガンは彼らに、警察の速記者が午前十時に来て、正式な供述を取ることになっていると告げた。それまでに戻ってこられるなら、今すぐ帰っていいと。

「わたし、病欠の電話をしようとしていたところよ」ワンダ・ヒッチーが反論した。「あの化粧室の長椅子では、一睡もできなかったわ」

「ここか、警察署に来てもらうかです」コリガンはそっけなくいった。「どちらでもご自由に」

全員が帰ることにしたようだ。

「電力が復旧しても、交通は乱れているかもしれません。地下鉄は、数時間は平常運行に戻らないでしょう。ですから、余裕を持って行動してください」

「どうしてわかるんです？」ターンボルトがうなるようにいった。

「ゆうべのラジオで、六百本以上の列車が地下で立ち往生しているといわれていました。八十万人ほどの乗客を乗せてです。その乗客を降ろさなければ、新しい乗客を乗せることはできないでしょうし、平常運行に戻る前には乗務員を交代させなければならないでしょう。わたしはブルックフィールドに住んでいます。そっちの方面へ行くなら、喜んで送りますよ」

シビル・グレイヴスが心底驚いたようにいった。「わたし、タックストン・アパートメントに住んでいるの」

タックストン・アパートメントはブルックフィールドから百ヤードも離れていないところだった。

これは大都市の無秩序を浮き彫りにする事実だ、とコリガンは思った。田舎町に住んでいれば、とうの昔にシビルと知り合っていただろう。

ほかには誰もコリガンの提案に乗れる者はいないようだった。ロングアイランドに住むリングとターンボルトは、そこまで行くのはやめ、街中のサウナ風呂と理髪店へ行くことに決めた。ブルックリンに住むハウィー・クラフトは、さんざん悩んだあげく、そのふたりに同行することにした。サリー・ピーターソン、ミセス・ベンソン、ワンダ・ヒッチーはマンハッタンに住んでいた。サリーとワンダはバスですぐに帰れる範囲だった。エヴァは若い夫に電話し、車で迎えに来てもらうことになった。夫はどうやら、彼女の窮状を思ってひと晩悶々としていたようだ。現にコリガンが入っていったとき、彼女はまだ電話をかけていて、ほかの人々が電話を独占されることに文句をいっていた。

専門捜査官が到着しはじめた午前六時には、コリガンとシビル以外は全員が外に出ていた。若い監察医が最初だった。彼はふたつの死体を調べたが、死亡時刻がはっきりわかっているため、できることはほとんどなかった。彼はコリガンに検死報告書のコピーを送ると約束し、ほかの人々が来る前にさっさと帰っていった。

鑑識と写真係が続いてやってきた。鑑識チームは、モースという名の鑑識官とパワーズという指紋の専門家だった。コリガンが以前一緒に仕事をしたことのある民間の写真家は、ボールという名の男だった。

コリガンはまず、ブライアン・フランクの死体がまだ横たわっている部屋に彼らを案内し、調べてほしいことを細かく指示した。特に興味があるのは凶器のアップだと、彼はボールにいった。誰かが触れる前に、安全装置がかかっているところを撮ってほしいと。続いて三人をラヴァーン・トーマスの死体のところへ連れていき、してほしいことを伝えた。

「三時間ほど出かける」彼は最後にいった。「わたしを待っている必要はない。すぐに伝えたほうがいいと思ったことがあれば、ベンツ巡査部長に伝言しておいてくれ。そのほかは、報告書にまとめてくれればいい」

彼はベンツとウィーラーにも指示をした。「死体安置所の人間以外は、警察関係者は全員揃っている。彼らが仕事を終え、声をかけたら、遺体を運び出してくれ。これが監察医からの指示だ」

「了解しました」ベンツがいった。「そうすると、人々が出社するまで、ここにいるのはわれわれだけということになりますね。待機していたほうがいいですか？」

コリガンはうなずいた。「九時に戻る」腕時計は、六時二十五分を指していた。彼はシビルにいった。「行こう。シャワーを浴びたい」

19

彼がシビルを家の前で降ろしたのは、七時きっかりだった。彼女がシャワーを浴びて着替えるのに一時間を与え、八時に迎えにきて、朝食をとりに向かった。

彼はレストランから本部に電話し、メースリン警視に捜査状況と行き先を伝えた。彼とシビルがバウアー・ビルディングに戻ったのは、九時少し前だった。

モース、パワーズ、ボールはとっくに引き揚げていた。パワーズはベンツ巡査部長に、どちらの凶器にも指紋は残っていなかったと伝えていた。重要なものは何も発見されなかった。

死体運搬車も到着し、死体は運び出されていた。

ベンツは数人の社員がアダムズ広告代理店に出社したが、今のところバーンズ会計事務所とグリズウォルド宝石には誰も来ていないと報告した。

ベンツが報告している間、巡査部長本人とその相棒、コリガンとシビルは、エレベーターのそばに立っていた。報告が終わったとき、エレベーターのドアが開いて、ずんぐりした男が出てきた。頭は薄くなりかけ、赤ら顔で、年は四十歳くらいだった。

男はシビルに愛想よく挨拶した。ふたりの制服警官とコリガンを、不思議そうに見る。彼はコリガンの眼帯に目を惹かれたようだった。コリガンが見ていないと思うと、そちらにちらちら目をやった。

シビルは男をギル・ストーナーだと紹介した。彼女の声が緊張しているのに気づき、ストーナーはコリガンの眼帯のことを忘れたようだ。

「どうかしたのかい、シビル？　どうして警察がいるんだ？　グリズウォルド宝石にまた強盗が入ったのか？」ビールの飲みすぎのような声だった。太いガラガラ声だ。

コリガンはストーナーの腕に手を置いた。「一緒に来てもらいましょう、ミスター・ストーナー」

「どういうことですか」会計士は文句をいった。「停電と関係あることですか？　あなたがたは、一晩じゅうここにいたのですか？」

コリガンはぶっきらぼうにいった。「ブライアン・フランクとラヴァーン・トーマスが、ゆうべ殺されました」

男は石と化したようだった。コリガンは彼をじっと見た。ストーナーの顔から血の気が引いていく。「こ、殺された？　ブライアンが？　ラヴァーンが？　ここで？　冗談でしょう！」

「冗談ではありません、ミスター・ストーナー。あなたのオフィスへ行って、その話をしましょう」

「ええ」会計士はいった。「ぜひ」彼の目はどんよりしていた。

コリガンはふたりの警察官をエレベーターのところに残した。ストーナーの腕をしっかりと取り、半ば急き立てるように、通路を二〇一号室へ向かう。シビルが足早についてきた。

ストーナーは戸口で立ち止まった。応接室には何もなかったが、彼はしきりに周囲を見回していた。会計士のオフィスの閉じたドアを見まいとするように。

コリガンはいった。「そこが現場です」ストーナーの体を軽く押す。男はよろめきそうになった。コリガンは彼をドアまで連れていかなくてはならなかった。

遺体は運ばれていたが、オフィスの掃除は済んでいなかった。ブライアン・フランクのデスクに血痕や肉片、脳髄が飛び散っているのを見て、ストーナーの顔が真っ青になった。彼はえずきながら応接室に後ずさりした。

「あなたも同じ気持ちなら、警部、あそこでは――話をしたくありません」

「我慢できませんか、ミスター・ストーナー？」

「おぞましいことです！　誰がこんなことを？」

「日常茶飯事ですよ」コリガンはそっけなくいった。「しかも、きわめて善良な人たちがこういうことをするのです。所長室のほうがいいですか？」

「お願いします」

コリガンはいぶかった。シビルを除けば、ストーナーは最有力の容疑者だ。しかし、この男の反応は真に迫っていた。顔が血の気を失い、さらに真っ青になり、目がどんよりする――ショックを受けたときの肉体的な反応や吐き気を装うのは、不可能とはいわないまでも難しい。ストーナーがふたつの殺人を起こしたとすれば、彼は役者になるべきだった。奇跡を信じないコリガンはひどくがっかりした。

カールトン・バーンズのオフィスで、ストーナーはコートと帽子を脱ぎ、心もとなげにあたりを見たが、結局床に落とした。コリガンはそれを拾い、小テーブルに置いた。ストーナーは椅子に座った。シビルは気分の悪そうな顔で、戸口にとどまっていた。

「何があったんです、警部？」会計士が小声でいった。

「そのうち全部説明しますよ」コリガンはいった。「まずは、ミスター・ストーナー、あなたがゆうべどこにいたかを教えてください」

ストーナーは顔を上げた。「わたしが？　意味がわかりません。ブライアンとラヴァーンを殺した犯人はわかっていないのですか？」

「わたしの質問に答えてください」

どんよりとしたまなざしは消え去った。彼は気を引き締めたようだった。「なるほど。わたしがゆうべどこにいたかを訊くことで、疑われていることを匂わせようとしているんですね？」

「今の時点では、ミスター・ストーナー、動機と機会のある人は全員疑われているのです」

「動機？」

「ブライアン・フランクとあなたの奥さんに関係があったというのは、この階では周知の事実のようですが。あなたはそのことで、彼といざこざを起こしましたね」

ギル・ストーナーは目をしばたたかせた。長い間を置いて、彼はゆっくりといった。「いつのことを話せば、わたしに機会がないことを証明できますか？」

「情報によれば、あなたは四時半に会社を出ました。そこから始めてください」

会計士はごく慎重に話しはじめた。「わたしは会社からまっすぐに、十一番街の〈ルークス・タヴァーン〉へ行きました。帰宅途中に毎晩寄るんです。ハリー・ブレイクという友人と、ビールを二杯飲みました。ハリーの職場はこのあたりで、ブルックリンのわたしと同じ建物に住んでいます。わたしたちは五時少し過ぎに〈ルークス〉を――一緒に――出て、BMT線に乗りました。ブルックリンへ向から途中で、電気が途絶えました。わたしたちは列車に乗ったまま、地下で一夜を過ごしました」

「すると、ひと晩じゅうハリー・ブレイクと一緒だったのですね？」

「四時四十分頃に〈ルークス〉で会ってから、朝の五時四十分頃に地下鉄を降りるまでね」

では、ストーナーではなかったのか。しかし、裏を取る必要がある。

「ブレイクと連絡を取るには、どうすればいいですか？」

「彼はこの先のボン証券会社で働いています。綴りはBoonです。今は会社にいるはずです。通勤も一緒だったので」

バーンズのデスクのそばにある小テーブルに、電話帳が並んでいた。コリガンはマンハッタンの電話帳で証券会社の電話番号を調べた。そしてハリー・ブレイクに質問した。ハリー・ブレイクはストーナーの証言を裏づけた。

コリガンが電話を切ったとき、黒いホンブルク帽をかぶった、贅肉ひとつない、どちらかというとハンサムな白髪の老人が戸口のシビルの横に現れ、鋭い目をコリガンからストーナーに走らせた。

シビルが神経質そうにいった。「こちらは警察のコリガン警部です、ミスター・バーンズ」

カールトン・バーンズは部屋に入ってきた。灰色の顔をした会計士を見て、コリガンの眼帯を見る。

「ここで何をしている?」柔らかな老人らしい声には、少しの乱れもなかった。

コリガンはいった。「殺人のことはご存じないのですか、ミスター・バーンズ?」

白髪の男は、トップコートを脱ぐ手を止めた。だが、それはほんの一瞬のことだった。彼はその動作を終え、コートと帽子をきちんとコート掛けに掛けた。それから、まだ戸口に立っているシビルをちらりと見て、わざとらしく彼女の鼻先でドアを閉めた。デスクに戻り、その向こうに腰を下ろす。あたりを見回し、立ち上がり、窓のそばの床に転がっていたクッションを取り戻すと、椅子に置いてまた座った。

それからようやく、口を開いた。「殺人? 殺人とは何のことだね?」

コリガンはゆうべの出来事をかいつまんで話した。しばらく忘れられていたストーナーは、老人と同じくらい真剣にその説明に耳を傾けていた。カールトン・バーンズは、その知らせにショックを受けたとしても、表には出さなかった。食えないおやじだ、とコリガンは思った。

「残念だ、警部。ミス・トーマスのことは好きだった。とても信じられん」彼は間を置いた。「フランクとはなじみが薄かった――ここへ来て四カ月ほどなのでね。しかしミス・トーマスとは長年のつき合いだった」

コリガンはいった。「ゆうべはどうしていましたか、ミスター・バーンズ?」

アリバイを尋ねていることに老人が気づいたとしても、やはり表には出なかった。

「運よく、停電のときには列車に乗っていなかった」バーンズはいった。「わたしはプラットフォームで待っていた。電気がすぐに復旧しないとわかると、人々は通りに出て、わたしもその中のひとりとなった。実に見物だったよ——見渡す限り、マッチやライターが掲げられていた。わたしは通りにある古い〈クイーン・アン・ホテル〉のロビーへ行き、一時間ほど座っていたが、結局、停電はずっと続きそうだと判断した。家に電話をしようとしたが、回線がふさがっていたので、ホテルにチェックインした。蠟燭の明かりで、部屋で夕食を取った。二十五歳なら非常にロマンチックだと思っただろう。しかし、六十七歳のわたしは、気が滅入った」

「ずっとひとりだったのですか、ミスター・バーンズ?」

「残念ながら、そうだ」カールトン・バーンズは落ち着き払っていった。

アリバイはない。だが、バーンズがフランクを殺す表立った動機もない。それが出てこない限りは、バーンズ会計事務所の所長は、一番遠い容疑者にしか数えられないだろう。

「あなたがたのどちらかに、ブライアン・フランクを殺したい人間について、心当たりはありませんか?」

白髪の男は、きっぱりと首を振った。「彼のことは、本当に職歴しか知らんのだ、警部。有能な会計士で、わたしが気にするのはそのことだけだ」

ストーナーがだしぬけにいった。「彼が脅されていたことは知っています。しかし、殺されるほどの脅迫ではありませんでした。少なくとも、ブライアンはそう思っていました。せいぜい殴られるくらいのものだと」

コリガンは大声でいった。「聞かせてください！」

「ええ、この間まで、ブライアンとわたしはとても仲がよかったんです。彼はよく、自分のことを話していました」

ただし、ミセス・ストーナーのこと以外は、とコリガンは思った。

「どんなことを？」

「ええと、ほとんどは競馬のことでした」

「フランクは競馬をやっていたのか？」カールトン・バーンズが叫んだ。顔が暗くなる。「知っていたら、その場で解雇したところだ！　名の知られた会計事務所で――」

「すみません、ミスター・バーンズ」コリガンがいった。「フランクの競馬とは、ミスター・ストーナー？」

「彼はポーツというノミ屋に二千五百ドルの借りがあるといっていました」

「トラック＝オッズ・ポーツですか？」

「ええ、ええ、それです。ブライアンがそういっていたのを覚えています。彼はポーツに借金返済の最後通告を受けたといって動揺していました。〝さもなくば〟といったやつです。彼はこういっていました。期日――いつとはいっていませんでしたが――までに金が用意できなければ、ある日ひとりでいるときにポーツの用心棒ふたりにつかまって、ぶちのめされるだろうと。実は、ポーツに殺される危険はないのかと訊いたんです。彼はその心配はしていないようでした。金を返さない相手を胴元が殺すことはないというのです。死んだ人間からは回収できないからと」

そうとも限らない。胴元はときどき、ほかの滞納者への見せしめのために殺しを命じることがあるからだ。コリガンは、ハーマン（トラック＝オッズ）ポーツのことをよく知っていたが、このような無茶な殺しをするとは思えなかった。ポーツの好みは、ふたりの用心棒に犠牲者を路地裏でとらえさせ、ひとりがつかまえている間に、もうひとりがゴムホースで頭を殴りつけるといったものだった。常習者の場合は鉛のパイプで。

とはいえ、殺人事件の被害者がノミ屋に脅されていたとなれば、裏づけ捜査を怠れば警察バッジを失いかねない。彼は頭にメモした。

ドアが勢いよく開いた。振り返る前から、コリガンは開けたのが誰だかわかった。チャック・ベアは決してノックをしない。

「ああ、失礼」ベアはそういったが、引っ込む代わりに中へ入ってきた。「まだここにいると本部に聞いたのでね、ティム」

「わたしよりもいい朝を過ごしたようだな」コリガンはいった。彼は私立探偵を皆に紹介したが、探偵はすぐさまコリガンを部屋の隅に連れていき、切らしたことのない煙草に火をつけ、うなるようにいった。「ひとつ手がかりを持ってきたんだ。ジョセフ・マトゥッチを知っているか？」

「顔見知り程度だが。彼はおまえのような私立探偵にはならないだろうな。彼がどうした？」

「ジョーとおれは、保険金事件を一緒に手がけているんだ。今朝、朝食をとりながら仕事の話になって、ゆうべのことを話したら、ジョーはブライアン・フランクを知っていた」

「ほう？」コリガンはいった。「どんな話だ？」

「どうやらフランクは、ジョーが半年ほど前に調査した事件の関係者のようだ」

「事件とは？」

「恐喝だ」

コリガンは眉をぐっと上げた。「フランクは恐喝者だったのか？」

「なかなか知能指数が高いな、警部。その通りだ。ジョーの依頼人は、フランクに脅されていた既婚女性だった。フランクは、金を払わないとふたりの関係をばらすと脅していた」

「それでどうなった？」

「ジョーが脅して、恐喝をやめさせた。フランクは相手が悪いと知って手を引いたんだ」

コリガンはしばらく考えた。これまではブライアン・フランクのことを、社内恋愛に精を出すありふれた好色漢だが、それ以外は仕事もできるし、普通の男と変わらないと思っていた。ベアの情報は死んだ会計士に、気の滅入るような新しい光を当てるものだった。競馬にのめり込み、借金をした上に、強請り目的の不倫もためらわないとは。どこを取ってもろくでなしに見えてきた。

コリガンは不意に決断した。「その話を、ミスター・バーンズとミスター・ストーナーに聞かせてやってくれ」彼はチャック・ベアにいった。

ベアは驚いたようだったが、コリガンの決断に疑問を挟んだことはめったにない。彼は肩をすくめた。彼らはふたりの男が待っている場所に戻り、ベアがコリガンにいったことを話した。

20

ベアが大げさに演説している間、コリガンはギル・ストーナーをじっと見ていた。会計士はかすかに顔を赤らめていた。しかし、カールトン・バーンズがブライアン・フランクとストーナーの妻の関係について知らないのは明らかだったので、コリガンはあからさまな質問は会計士とふたりきりになるまで保留にした。

ミスター・バーンズはかぶりを振った。「わたしには人を見る目があると思っていたが。最初にあの男が競馬中毒と知り、今度は女たらしの恐喝者と知らされるとは。このことが公になれば、事務所のイメージに影響するのは間違いない」バーンズはベアを見た。「コリガン警部はきみを私立探偵といったな、ミスター・ベア?」

「そうです」

老人はコリガンに向かっていった。「この男を推薦できるかね、警部?」

コリガンはほほえんだ。「本人の目の前で認めたくありませんが、ミスター・バーンズ、正直なところ、無条件で推薦できますよ」

「最善の予防策を取らなくてはならないと思っている、ミスター・ベア。うちにはきわめて保守的な顧客がいてね、ブライアン・フランクのような男を雇っていた会計事務所と取引するのにいい顔をしないだろう。最初に、ミスター・フランクの経歴を徹底的に調べ、これ以外にわが事務所に影響を与えるようなことがないか確認してほしい」

「それが最初ですね」ベアはうなずいた。「次は何です、ミスター・バーンズ?」

「ミスター・フランクの悪行の詳細が、マスコミに漏れないようあらゆる手を尽くしてほしい」

老人は話している間、一度もコリガンを見なかった。コリガンは笑いをこらえなくてはならなかった。ずる賢いじいさんめ! 彼はコリガンとベアが親しいことを瞬時に感じ取り、担当警察官に、相棒の利益のために記者たちにフランクの芳しくない背景を明かさないよう圧力をかけているのだ。バーンズは年の功で、もっともマスコミの情報源になりそうなのは警察だと知っているに違いない。そして、コリガンの協力がなければ、ベアの仕事に見込みがないことも。

赤毛の大男は、重々しくいった。「二番目に関しては保証できません、ミスター・バーンズ。最善は尽くしますが、それで十分かどうかはお約束できません」

「最善を尽くしてくれればいい、ミスター・ベア」抜け目ない老人はいった。

「では決まりですね、ミスター・バーンズ。わたしの標準料金は一日百ドル、プラス必要経費です」コリガンは顔を背けなくてはならなかった。チャックの標準料金は一日七十五ドルと必要経費だ。相棒は新しい顧客に一矢報いたようだ。

老人は手を振った。「もちろん、わたし個人宛に請求してくれ。こんな費用を、バーンズ会計事務所の帳簿に載せたくないのでね」

ベンツ巡査部長がドアから顔を出した。「失礼ですが、警部、記者が大挙して押しかけています。何といえばいいでしょうか？」

「わたしが会おう」コリガンはいった。「ミスター・ストーナー、それが終わったらふたりきりで話がしたいので、このまま待っていてください」

ベアがついてきた。コリガンは通路で待っていた記者に、ふたつの殺人事件について手短に報告し、巧みに質問をさばいた。彼はブライアン・フランクが女たらしで、競馬で借金を作り、しかも恐喝を働いていた事実を口にしなかったことに気づいた。

「こいつめ」記者がぞろぞろと二十一階を離れると、彼はベアにいった。「おまえのせいでとんだ立場に追い込まれたぞ。連中が知ったら、吊るし上げに遭うだろう」

「立場といえば」ベアは憤然といった。「そっちも友達甲斐がないな。おれがゆうべ帰ってから、ラヴァーン・トーマスの殺人のほかに爆弾発言はあるか？」

「話すチャンスがなかったんだ」彼はベアが帰ってからの出来事を説明した。

「この事件に関しちゃ、大成功とはいかないようだな」コリガンの話が終わると、ベアはいった。

「驚いたよ」

「そうとも。何度でもいってくれ！」

「あのアイルランド娘が、あんたの怠慢に関係しているんじゃないのか？」

「何の話かわからないな」コリガンは怒っていうと、カールトン・バーンズのオフィスに顔を出し、ギル・ストーナーをぶっきらぼうに手招きした。

「所長のミスター・バーンズは、あなたとフランクの問題について何も知らないのではないかと思いますが」

「ええ」ストーナーは顔を赤くしていった。「彼の前でその話を出さないでくれたことに感謝します、警部。所内での恋愛沙汰に関しては、ヴィクトリア女王のような方なので。妻のことが知れたら、間違いなくくびになるでしょう」

コリガンは吠えるようにいった。「フランクは奥さんを脅していたんですか？」

はげかかった会計士は、心配そうにチャック・ベアをちらと見た。「ミスター・ベアが、ここにいなくてはいけませんか？」

「彼は何ひとつ漏らしません」コリガンは厳しい顔でいった。「わたしの質問への答えは？」

「ロイスは恐喝のことはいっていませんでした。とはいえ、実は最近、わたしたちはほとんど口をきいていないのですが」

「フランクと奥さんのことは、どうして知りました？」

「先週の土曜日、郵便受けに匿名の手紙が入っていたのです」

「それはまだお持ちですか？」

ストーナーはかぶりを振った。「ロイスに見せたあと、破ってしまいました」

こいつも馬鹿な連中のひとりだ。コリガンは内心毒づいた。強請りや身代金要求のメモという重要な手がかりが、燃やされたりトイレに流されたりして、捜査が困難になったことは数えきれない。

「どんな手紙でした？　何と書かれていましたか？」

「タイプ打ちでした。日付も、差出人の住所もありません。あのいまいましい内容は、一言一句覚えていますよ。〝目を覚ませ、お人よし。奥さんに、自分が外泊したりボーリングに行ったりしている夜、どこに行っているのか訊いてみろ。〈カクストン・ホテル〉の夜勤のフロント係に、奥さんの写真を見せるといい。そういう夜に、彼女がミセス・スミスとして、ミスター・ジェイムズ・スミスとダブルの部屋に泊まっていると教えてくれるだろう〟それから〝友より〟というサインがありました」

ベアがいった。「男としては、ほしくもない友だな」

コリガンは会計士にいった。「手紙を受け取って、奥さんに突きつけたのですか？」

「すぐにはしませんでした。妻は買い物に出かけていたので。わたしは妻の写真を持って、車で〈カクストン〉へ行きました。夜勤のフロント係は非番でしたが、住み込みだったので、ベッドから蹴り出しましたよ。十ドルでしゃべりました。確かに、わたしが外出しているとき、ロイスは男とチェックインしていました。男の外見はブライアンと一致していましたが、わたしは信じられませんでした」

「なぜです？」

「彼は友達だと思っていましたから」

一級品の間抜けだな、とコリガンは胸の中でつぶやいた。女のことでごたごたを起こす相手は、十中八九〝友達〟なのだ。「はっきりと確認したのですか、ストーナー？　相手の男はブライアン・フランクで間違いないんですね？」

「もちろんです。ロイスが帰宅すると、わたしは手紙を見せ、〈カクストン〉の夜勤のフロント係に聞いたことを話しました。押し問答を繰り返しましたが、とうとう妻が相手はブライアンだと認めました。わたしと同じように、あの男の名前を吐き捨てるように口にしましたよ。わたしが彼をぶちのめすのを、妻も望んでいるかのように」

コリガンは〝妻も〟という言葉を聞き逃さなかった。「すると、奥さんも彼に腹を立てていたのですか？」

「全世界に腹を立てていましたよ。しかし、主にわたしに腹を立てていました。彼の名前が、実質的に妻がわたしにかけた最後の言葉になりました。それ以来、妻は口を閉ざしてしまいました――すっかり冷えきっていますよ」

ベアは唐突にいった。「おたくの住所は、ストーナー？」

男は驚いたようだった。「なぜです？」

「奥さんと話をして、フランクに脅されていたかどうか知りたいんです。それとも、ミスター・バーンズに住所を訊いたほうがいいですか？」

所長の名前は魔法のような効果をもたらした。ストーナーはブルックリンのプロスペクト・パーク地区の住所を教えた。

「以上です、ストーナー」コリガンはいった。「もう仕事に戻って結構ですよ」

「わたしがあのぞっとするようなオフィスに足を踏み入れるとでも思ったら、どうかしてますよ！　ミスター・バーンズがほかに場所を用意してくれない限り、休みを取ります」

「だったら」ベアがいった。「家まで送りますよ」

「家に帰りたいわけがないでしょう」ストーナーは叫んだ。「バーで過ごします」

彼はよろよろと二一〇一号室に入っていった。

「気の毒な男だ」コリガンはいった。「わたしの妻が友達に夢中になるような女だったら、職場へ向かうときに真っ先に目についた酒場に入りかねない」

「おれの妻だったら、ほかの誰にも夢中にならないだろうな」ベアがいい返した。

「おまえってやつは、ときどき我慢ならなくなるな！　さっさとやつの女房と話をして、わかったことを教えてくれ。ブルックリンへ行く手間が省ける。ゆうべは硬いデスクでひと晩過ごしたんだ」

ベアが出ていくと、コリガンは人差し指を曲げてベンツ巡査部長を呼んだ。太りすぎの警察官はよたよたと近づいてきた。「グリズウォルド宝石に誰か来たか？」

「ミスター・グリズウォルドが来ました、警部。わたしとウィーラーに、何をしているのかと訊いたので、殺人のことを話しました。それでよかったでしょうか？」

コリガンは肩をすくめた。「別に秘密ではないからな」

彼は二一〇二号室へ行き、ショールームに入った。部屋には誰もいなかった。左手の開いたドアを抜けると、デスクの向こうに老人が座っているのが見えた。小柄で、百二十ポンドもなさそうだ。髪が一本もないつるつる頭で、肌は象のように硬く、深いしわが寄り、灰色をしていた。明るい、肉食動物のような目が、大きな鼻の先に載った金縁の眼鏡の奥から覗いている。コリガンはその年齢を七十五歳と見積もった。もっと年がいっているかもしれない。

「ミスター・グリズウォルド？」

「そうだが？」その声はかすれ、不機嫌そうだった。

「わたしはニューヨーク市警本部のコリガン警部です。ここの捜査を担当しています」

グリズウォルド老人は、手に持ったメモ用紙を振った。「このことを知っているか？　あの赤ん坊と話をしたかね？　わしの甥のことだが？」

コリガンは近づいていって、メモを取った。

エヴェレットおじさんへ
　ゆうべはひと晩じゅうここに足止めされていました。このメモを読む頃には、ブライアン・フランクと気の毒なラヴァーンの件をお聞きになっていることでしょう。ぼくはサウナに行って、ひげを剃り、朝食をとってきます。すみませんが、十時か、なるべく早く戻ります。
ハワード

　コリガンはメモを返した。「何が問題なのですか、ミスター・グリズウォルド？」

「ここは十時ではなく、九時に開くんだ」グリズウォルドは耳障りな声でいった。鉤爪のような手を掛け時計のほうに振る。時刻が正しく直されていることにコリガンは気づいた。「もう九時半だというのに、宝石が展示されてすらいない！」

　仕事柄、コリガンはありとあらゆる性格の人物に会ったが、エヴェレット・グリズウォルドはそんな彼にも初めてだった。彼の片目が、興味深そうにこの守銭奴を見た。

「どうした？」グリズウォルドは不満そうにいった。「なぜそんな目で見る？」

「今のあなたの頭には、店を開けることしかないのですか、ミスター・グリズウォルド？」

　老人は彼をじっと見た。「ここはわしの店だ。時間通りに開けることになっている」彼は明らかに困惑しているようだった。まるでコリガンに、二足す二は五じゃありませんかと訊かれたかのように。

「ゆうべ、ここで二十年以上も働いていた女性が、あなたが座っているところから四十フィートと離れていない場所で無残に殺されたんですよ。そのことを何とも思わないんですか？」

「思うとも。大変残念だ」

「そんなふうには聞こえませんが」

「いいかね、刑事さん！　そのいい方は気に食わんな！　店を開けなかったら、ラヴァーンが生き返るのか？　わしは商売人だ。商売は商売だ！」

コリガンは肩をすくめた。いっても無駄だ。「金庫はもう試してみましたか？」

コリガンのこの質問に、ラヴァーン・トーマスの死に対して見せてほしかった感情が、老人の潤んだ目に浮かんだ。「どういう意味だ？　金庫をもう試してみたかとは、どういう意味だ？　何かが――誰かが――」彼はコオロギのように椅子から跳ね上がった。

「あれは電気式でしょう」コリガンは、新種の標本を見るように彼を見ながらいった。「十二時間と十分、停電していたのですから、鍵は午前九時には開きません。夜の九時十分を過ぎるまで開かないでしょう、ミスター・グリズウォルド。ですから、ときには商売にならないことだってあるんです」

老人はほっとしたように腰を下ろした。しかし、コリガンのいった事実を考えるうち、灰色の顔が暗くなった。

「一日無駄にしてしまった！」

「殺人現場の入場切符でも売ったらどうです?」コリガンはいった。「冗談ですよ。ミス・トーマスのオフィスは、目撃者からの正式な調書を取る部屋にさせてもらいます。ですから、しばらくほかのことに使わないでください」コリガンはきびすを返し、大股に部屋を出ていった。

別の制服警官が、ベンツとウィーラーと一緒に通路で待っていた。本部から送られてきた速記者だった。

21

ロビーの郵便受けの下にある表札から、ストーナーの部屋が三階にあるのがわかった。チャック・ベアが呼び鈴のボタンを押すと、すぐにドアの鍵が開くブザーの音がした。

私立探偵は階段を上った。三階の部屋の前で、ひとりの女性が期待するように待ち構えていた。じっとしていられないタイプだ、とベアは思った。レイプされる心配など頭にないのだろう。距離を縮めながら、彼は値踏みするように相手を見た。髪をブロンドに染め、年は三十歳くらいで、豊満な肉体は肥満に向かいつつあった。寝室用のスリッパを履き、プリント柄の部屋着の下にブラジャーは着けていない。すねた顔は魅力的だが、右目の周りの黒あざがそれを台無しにしていた。数日前につけられたもののようで、今では紫がかった黄色に変わっている。

女はベアの全身をとっくりと眺めた。彼の肩幅の広さに、怪我をしていないほうの目はすでに燃え上がっていた。

ベアは帽子を取った。「ミセス・ストーナー？」

「ロイス・ストーナーよ。あなたは誰で、何の用？」言葉と口調はまったく裏腹だった。セクシー女性の典型である、かわいい女ぶった声は、はるか昔に会得したものだろう。

「チャック・ベア。私立探偵だ」

態度が変わった。「へえ？」炎が消え、口調は裏取引をするときのようになる。あなたの狙いは、といいたげな口調だ。彼女は口に出してこういった。「それで？」

「入ってもいいかな？」

彼女は動かなかった。「用件によるわ。場合によっては、何も話さないから」

ベアはほほえんだ。「ご主人に雇われたんじゃない、ミセス・ストーナー。そのことが心配ならね」

「どうしてそんな心配をしなきゃならないの？」彼女はそういったが、少し力を抜いたようだった。

「ブライアン・フランクの件だ」

彼女はベアを見た。「何の話かわからないわ。よければもう失礼させて――」

ベアは辛抱強くいった。「離婚調査をしているんじゃない。町じゅうのホテルというホテルに恋人がいるとしても構わないさ。フランクがゆうべ射殺されたんだ」

腫れていないほうの目が丸くなった。「ブライアンが死んだ？　それって――ギルが――」

「警察は誰が殺したか把握していないが、ご主人にはアリバイがあるようだ。隣近所に聞かせたいかい、ミセス・ストーナー？　中に入れてくれないか？」

彼女はぎこちなく下がった。ベアは彼女の前をすり抜け、安っぽい家具を置いた散らかった居間に入った。ベアがドアを後ろに蹴って閉めると、彼女はそれに寄りかかった。

「どうして私立探偵が殺人の捜査をしているの？」彼女はいった。「何が知りたいの？」

「フランクの上司に雇われてね」彼はあたりを見回した。

「ああ、ミスター・バーンズね」彼女はドアから離れ、手振りでソファを示した。「帽子とコートはそこに置いてちょうだい。名前は何といったかしら？」

恋人の死からずいぶん早く立ち直るものだな。ベアは思った。死がふたりを分かつまでの、即席の恋人というわけか。

「チャック・ベア」

「知り合いになれて嬉しいわ、チャック」セクシー女性の声が戻ってきた。即席というのは当たっている。「堅苦しいのは苦手なの、チャック。ロイスと呼んで。ローでもいいわ。スイート・アンド・ローってわけ（人工甘味料の商標名から）」彼女はくすくす笑った。

ベアはコートと帽子をソファに放り、その隣に座った。「しかも、刺激的《ホット》みたいだ」

「沸騰しそうなほどね、チャック」彼女はソファの向かいの布張りの椅子に近づき、肘掛に腰を下ろした。片方の尻と脚がはみ出ている。彼女はぶら下がっているほうの足を軽く揺らしはじめ、短い部屋着の裾がずり上がった。その下にも何も着けていなかった。

「いい眺めだ」ベアはそれに目をやりながら、親しげにいって細巻の葉巻に火をつけた。

「え？　あら！」彼女はそういって、滑るように椅子に座った。「許してね、チャック。人が来るとは思っていなかったから」

「こっちは構わない」ベアはそういって煙を吐き、あたりを見回して灰皿を見つけると、それを引き寄せた。「そのあざは誰につけられたんだ、ロイス？　フランクか、ギルか？」

彼女の顔が怒りでどす黒くなった。「卑劣な暴力亭主よ！」

「事実を確認したいだけなんだが」彼はうなずいた。「ギルにそうする理由があったと認めなくてはならない」

「あなたは何を知ってるの？」彼女は不機嫌にいった。

「ブライアン・フランクとのことか？　全部だ。旦那が受け取った匿名の手紙。〈カクストン〉へ行ったこと。フランクが愛人だと認めるまで、あんたをさんざん殴ったこと」

「自分じゃ何でも知ってると思っているんでしょうね！　ギルに聞く耳があれば、あれほど怒りはしなかったでしょう。ブライアンとのことは、あのいまいましい手紙が来たときには終わってたの。わたしはブライアンを心底憎んでたわ。彼が死んだと聞いても、涙ひとつ流さなかったのを見たでしょう？」

「ヒット・エンド・ランのタイプなんだと思っていた。故人の何が不満だったんだ？」

「薄汚い恐喝者だったのよ。しかも、無能な。ギルに手紙を送ったのが誰だか知ってる？」

「誰なんだ？」

「ブライアンが自分で出したのよ！　わたしがそれを見て震え上がり、ギルに見せずに金を払うと思ったんでしょう。ところがあの馬鹿は、ギルが家にいる土曜の朝に着くよう手紙を出したってわけ。ブライアンは、ギルに手紙を見せる気はこれっぽっちもなかったのよ」

手紙のことを聞いたときからベアが不思議に思っていたことが、これで解決した。ギル・ストーナーがそれを受け取れば、金を脅し取る見込みはなくなってしまう。ベアは恐喝者自身が手紙を出したという可能性すら考えていなかった。この話が本当なら、確かに無能だ。

「それは事実なのか、ロイス、それとも想像でいってるのか？」

「ギルがわたしにあざを作って出ていってから、すぐにあのろくでなしのアパートメントに電話したわ。ブライアンは自分が手紙を出したといった。わたしの代わりにギルが受け取ったと聞いて、わたし以上にうろたえてたわ。今朝出したばかりで、月曜まで届くはずがないといい張ってた」彼女は口紅のにじんだ唇を、悪意を込めて歪めた。「郵便局のお手柄ってわけね」

「会話はそれで全部？」

「とんでもない。彼はわたしがギルに相手の男をばらしたかどうか知りたがったわ。こういってやったわよ。〝もちろんよ、この役立たず。今、夫はあなたを殺しに向かってるわ〟ってね。それから電話を切った。あなたはギルが彼を殺したんじゃないといったわね？」

ベアはいった。「夫が殺していればいいと思っているみたいだな」

彼女は肩をすくめた。「ギルが殺人の疑いで逮捕されたからといって、気にしなくちゃいけないの？　わたしたちの間には、もう何もないわ。あったら、ブライアン・フランクといい仲になると思う？」

「正直にいってほしいか、ロイス？」ベアはいった。「そう思うよ」

彼女はベアに嚙みついた。「いっておくけど、探偵さん、いつもこんなふうだったわけじゃないのよ。ギルはどんな女でも、月に一回以上ねだる女はセックス過多だと思っているの。わたしは元々好きなほうよ。ギルと結婚してから、ブライアンが最初の男じゃないし、最後でもない。わたしはいつも男がいないと駄目なのよ」彼女はあからさまに誘うように、椅子にもたれかかった。「例えば、あなたみたいな男が。あなたは女を満足させることができそうだわ。わたしのいっていることがわかればだけど」

問題は、とベアは思った。彼女が何人の男と寝たかではなく、夫が最初に気づいた相手がフランクだったかどうかということだ。今の誘いについては、彼は寝室の素人ではなかったが、尻軽女とは一線を画したかった。彼女はたぶん、玄関にやってくるセールスマン、メーターの検針係、ティーンエイジャーの配達人にことごとく誘いをかけているのだろう。

彼は早めに冷静になろうと決めた。

「気持ちはありがたいが、ご主人は仕事を休んでいる。いつ帰ってくるかわからない。おれのせいで、もう一方の目にもあざを作らせたくはないのでね」

彼女は紙つぶてを投げられたかのように飛び上がった。「ギルが帰ってくる？」

ベアは立ち上がった。「おれは退散したほうがよさそうだ」

彼女はコートを着せるといってきかなかった。玄関では、必要以上に近くに立った。

「明日の朝、来てよ」彼女は媚びるようにいった。

「スケジュールを確認するよ。ところで、そもそもブライアン・フランクとどうやってつき合うようになったんだ？」

「何ですって？」彼女は死んだ愛人のことをすっかり忘れていたようだ。「ああ、どうやって仲よくなったかってこと？　ある日、ギルが彼を夕食に招いたのよ」

「フランクのことをどこまで知っている？」

彼女はくすくす笑った。「女が男を、これ以上よく知ることができる？」

「おれがいいたいのは、ベッドルームの外での彼をどこまで知っているかだ。例えば、何かトラブルを抱えていたとか？」

彼女はかぶりを振った。「彼と知り合って、二カ月半しか経っていないのよ」

ベアはうなずき、彼女の脇をすり抜け、ドアを開けた。

「明日はどう、チャック？」彼女は熱心にいった。「来ると思っていてもいい？」

「来るなら電話する」彼女が首に腕を回す前に、ベアはそそくさと廊下に出た。

彼女は怒っているふうでも、がっかりしているふうでもなかった。戸口に立って、彼が踊り場に消えていくまで見送っていた。

愛人がどんなふうに死んだかも訊かなかったな、とベアは思った。ひとつのことしか考えられない単細胞だ。

22

午前十時には、目撃者は全員、二十一階に戻っていた。正午までには、コリガンは正式な調書を取り終えた。

彼はシビルを連れて中華料理店で昼食をとった。五目焼きそばを食べながら、彼女が職場に戻らなくていいことがわかった。カールトン・バーンズに、午後は休んでいいといわれたのだ。

「いい人だわ」シビルがいった。「わたしに休みを取らせる必要はなかったのに。だって、彼は午後いっぱい仕事をするはずだし、わたしがいれば使えたんだから。でも、わたしがブライアンのことで動揺しているのがわかったのね。ミスター・グリズウォルドも、ハワード・クラフトを午後は休ませたけれど、同じ理由じゃないわ」

「金庫か？」コリガンはにやりとした。

シビルはうなずいた。「そこから商品が出せないのよ。彼はハウィーが休んだ分、減給するでしょうね」

「自分の甥なのに？」

「あのけちんぼなら、相手が母親でも給料を引くでしょう」

コリガンはシビルをアパートメントまで送った。車の窓から礼をいうシビルに、彼はいった。

「今夜は忙しい？」

「いいえ」

「食事でもどうだい？」

「嬉しいわ、ティム」

そこが彼女のいいところだ。駆け引きをしようとしない。普通なら、先約があるというところだろう。彼女はコリガンと同じくらい正直だった。

彼はシビルに笑いかけ、六時半に迎えにくるといった。

彼は本部へ向かった。メースリン警視が、ちょうど昼食を終えて本部の詰所に入ってきたところだった。メースリンのオフィスへ行き、コリガンは警視に捜査の進捗を報告した。それから自分のオフィスに閉じこもった。幅十フィート、奥行十二フィートの殺風景な狭い部屋で、手紙と午前中に来たテレタイプに目を通し、鑑識に電話をかけてレイ・ジョーダを呼び出した。

鑑識課長が来ると、コリガンはいった。「バウアー・ビルディングのふたつの殺人で、何かわかったことはあるか、レイ？」

「何が知りたい？」

「全部だ」

「どれも悲観的な情報だと思うよ、ティム。ブライアン・フランクを殺した銃弾はＰ38のものと思われる。幅木に食い込んでいた弾丸は損傷がひどくて比較できなかったが、口径は合っていて、そのピストルからは一発の弾が発射されていた。ソフトノーズの平頭弾だった」

「ラヴァーン・トーマスを殺した凶器はどうだった？」

「どうだったって？　どちらの凶器にも指紋はなかったと、パワーズが伝えたはずだが」

「ああ」コリガンはうなるようにいった。「レイ、わたしはとっかかりを探しているんだ――何でもいい。強力な容疑者が三人と、可能性の薄い容疑者がふたりいるが、そこで足踏みをしているところだ」

「気の毒に」ジョーダはいった。

「ご親切にどうも！」

コリガンはオフィスを出た。犯罪者登録課で、彼はハーマン（トラック＝オッズ）ポッツの記録を引っぱり出した。

この男の経歴に興味があるわけではない。それは十分心得ていた。知りたかったのはポッツの現住所だ。ノミ屋の例に漏れず、トラック＝オッズは電話帳に番号を載せていなかった。最後に逮捕された四カ月には、彼はアッパーイーストサイドの八十丁目のアパートメントで取り押さえられていた。

コリガンはオフィスに戻り、賭博取締班に電話をかけて、彼がまだその場所にいるか尋ねてみた。

「二週間前にはいました」モートン巡査部長がいった。「こういう連中の居場所を把握しておくため、定期的にチェックしているのはご存じでしょう」

「自宅にいない場合は、ポッツはどこで商売をしているんだ？」

モートンは鼻を鳴らした。「愚問ですね、ティム。知ってたら、われわれが潰しますよ」

「噂は？」

「情報筋によれば、前回の手入れからこっち、やつは店を構えていないようです。一時的に、自宅で電話を使って商売しているんでしょう」

「わかった、フィル」

コリガンが電話を切ったとき、ドアが音を立てて開いた。チャック・ベアに違いないと思ったが、案の定だった。

私立探偵は一脚しかない客用の椅子にまたがり、トップコートのボタンを外して、帽子を後ろへやった。身を乗り出して、コリガンの灰皿に、吸っていた細巻の葉巻の灰を落とす。

「くつろいでくれ」コリガンはうなるようにいった。

「その愛想のいい口調からすると」ベアは穏やかにいった。「何も収穫はなかったようだな」

「まったくもってその通りだ。ターンボルトかヒッチーかサリー・ピーターソンか、コインを投げて決めるしかない。機会という観点からね」

「サリーを引っぱらないでくれ。今夜、デートなんだ」

コリガンは力を抜いた。「ゆうべは空振りだったように見えたが」

「完全な空振りじゃない。ターンボルトの野郎に水を差されて、少しばかり間を置いただけだ。さっき電話で話した感じでは、彼女はおれに夢中だったよ」

「待ち合わせの時間は？」

「早めにした。食事に連れていくんだ」

「シビルとわたしもだ」コリガンはいった。「二対二というのはどうだ？」

「あとで別行動になるなら」赤毛はにやりとした。「誰の車で行く？」

「六時半に約束している。六時十五分に迎えにいこう」

「社交欄の話題はそこまでだ。仕事の話にいこうじゃないか？」

「ロイス・ストーナーと会ったか？」

「もちろんだ。聞いてるか？」

「ちゃんと聞いてるよ」

「まず、あの女は色情狂だ」ベアはいった。「話と態度のほとんどが、つまるところ〝ベッドに入りましょう〟と語っていた」

「そうか？」コリガンは相手を観察した。「全然疲れていないように見えるが」

「遠慮しておいた」ベアはいった。「知る限り、今朝あの家のベルを鳴らしたのはおれが七人目だ」

「おまえが何人の女を振ろうとどうでもいい」コリガンはいった。「何か情報は？」

「ブライアン・フランクは彼女を恐喝しようとしていた。あの手紙をストーナーに送ったのはやつだ」

コリガンは驚いたようだった。「そいつは重要だ！　ただの想像か、それとも彼女は知っていたのか？」

ベアはロイス・ストーナーの話を伝えた。話が終わると、コリガンはかぶりを振った。「これですべて聞いた」彼はいった。「興味深い話だが、それがどこかへつながるのかはわからない」彼は立ち上がり、コートと帽子を身に着けた。

「どこかへ行くのか？」ベアは動じずにいった。

「トラック＝オッズ・ポッツと、おしゃべりしようと思ってね」

「ポッツ？」ベアは首を振った。「あのノミ屋がどう関係してるんだ？　容疑者は三人に絞られたと思っていたが」

「ポッツが自分で人を撃ったりはしないだろう」コリガンは鋭くいった。「三人のうち誰かを脅して、やらせたのかもしれない――わかるものか。ひとりが彼に借金していることもありうる。金を返せない人間に腕力で返すよう強要するのは、ポッツに始まったことじゃない」

ベアはそのことを考えた。やがてうなずき、立ち上がった。

「おれも一緒に行ったほうがいいだろうな」


そこはコンクリートと金属とガラスでできた無味乾燥なアパートメントで、居心地のよさはウサギ小屋並といえた。三百ほどのウサギが、そこでレタスを食べている。

コリガンとベアは七階でエレベーターを降り、カーペットを敷いた通路を七二七号室と書かれたドアへ向かった。ドアには拡大できる覗き穴がついていた。コリガンはその前に立ち、呼び鈴を鳴らした。

しばらくして、ドアが少しだけ開き、大きくて平たい、猿のような顔が覗いた。コリガンはその顔をよく知っていた。ハーマン・ポッツのところで、長いこと使い走りと用心棒をやっている男だ。名前はチャールズ・ストープ。業界では強請り屋チャーリーのほうが通りがいい。

コリガンはドアを押した。チャーリーは後ろへ下がって、ドアを開けさせた。

「何か用ですかい、警部?」男は喉頭炎を患っているような声でいった。

「ポッツに用がある」

コリガンが前に出ると、彼よりも八インチは背の高いストープスは、ぶつからないよう脇にどいた。しかし、チャック・ベアが続こうとすると、彼は怒鳴った。

「こいつに見覚えはありませんね。誰です？」

「友達だ、チャーリー」コリガンはいった。「わたしの友達はおまえの友達だろう？」

強請り屋チャーリーは不満そうだったが、ベアの前からどいた。ベアは拍子抜けしたようだ。

「令状は？」チャーリーが訊いた。

「捜査令状は、捜査のためのものだ」コリガンは幼稚園児を相手にしているようにいった。「捜査に来たんじゃない、チャーリー。いわゆる表敬訪問ってやつだ。久しぶりだな、トラック＝オッズ、というところだ。わかったか《カピッシュ》？」

「ああ」強請り屋チャーリーはいった。幅二インチの額は、灌漑事業の航空写真のように見える。

「まあ、騒ぎを起こさないってんなら」彼は大きな頭を振った。「ベッドルームでマッサージを受けてますよ」

「いいぞ」コリガンはそういって、飾り立てた居間を横切り、用心棒が頭を振ったほうへ向かった。そのあとを、チャック・ベアと強請り屋チャーリーが列をなしてついてくる。彼はドアのところで立ち止まり、慎重に中を覗いた。

トラック＝オッズ・ポッツは、幅一ヤードのでっぷりと太った体で、マッサージ台に裸で腹這いになっていた。尻はタオルで覆われている。上半身裸でクルーカットのたくましいブロンドの大男が、硬い両手でポッツの背中の肉をこねたり、叩いたりしている。黒いシャークスキンのスーツを着た、痩せた男が、窓際で煙草を吸っていた。まるで死人のように見えた。ノミ屋の顔が、太い首の上でぐるりと動いた。コリガンを見て、その目が蛇の目のように細くなる。コリガンは部屋に入った。ベアも入り、ドア近くの壁際に立った。強請り屋チャーリーは戸口で立ち止まった。頭が肩にめり込んでいる。

コリガンはいった。「ごきげんよう、ハーマン」それから窓際の男を見た。「やあ、アルフォンズ」

ノミ屋はうめくように挨拶をした。怪我を負ったクジラの鳴き声のようだった。窓際の男は、相変わらず死人のような顔をしていた。鼻孔だけが生きていることを示していた。アルフォンズ（チップ）マークスは自分の洗礼名を嫌っていて、だからこそコリガンはそれを使ったのだ。

警部はマッサージ台のそばに立ち、そこに寝そべる太った男からマッサージ師に視線を移した。上半身裸の若者は、コリガンの眼帯をちらりと見て、驚いたようだった。それから仕事に戻った。コリガンは、叩くテンポが上がったように感じた。

部屋にはその音だけが響いた。

23

コリガンはブロンドの若い大男に親指を向けた。

「プロのマッサージ師か、ハーマン、それとも新しく雇った男なのか？」

トラック＝オッズ・ポッツは口を開く前に、マッサージ師の叩くリズムに合わせてうなった。

「ハンスか？　ああ、こいつはおれの下で働いている」

コリガンは窓際に立つ死人のような顔の男に目を向けてから、強請り屋チャーリーを見た。「引退したという割には、ずいぶんと用心棒を雇っているじゃないか」

「用心棒？」ポッツはぜいぜいいいながらしゃべった。「チップは私設秘書だ。チャーリーは執事、ハンスはトレーナーだよ。何の用だ？」

「ブライアン・フランクのことで話がある」

「知らんね」ポッツは慌てたようにいった。

「ゆうべバウアー・ビルディングで撃たれた男だ」コリガンはいった。「その話は聞いていると思うが」

「ラジオで報道していた事件かな？　ふたつの殺しがあったといっていたが。中年の簿記係とか。その件についても訊きたいのか、警部？」

「フランクはおまえの客のひとりだろう」

「客？」ポッツは大声を出した。「今は商売をやってもいないんだ！　何の客だというんだ？」

「いいか、ハーマン」警部はいった。「おまえのノミ行為に興味はない。問題はふたつの殺人事件だ。フランクは二千五百ドルの借金を負っていた。その話が聞きたい」

「いっただろう」ポッツはいった。「そんな男、聞いたこともない」

コリガンは辛抱強くいった。「手間をかけさせるなよ、ハーマン。おまえを締め上げなくちゃならないのか？」

ブロンドのマッサージ師が、叩く手を止めた。体を起こし、親指をベルトに引っかける。今はコリガンの眼帯に注目しているようだった。

「何かいいたいことでもあるのか、ハンス？」コリガンは訊いた。

「ボスはそいつのことなんか知らないといってる」ハンスはいった。甲高い、女のような声だった。「あんた、名前は何ていったっけな」

「コリガン警部だ」コリガンの静かな声に、マッサージ台の上の巨漢がはっと身を起こした。「警部か、サーと呼んでくれ。で、何の話だったかな、ハーマン？」

だが、口を開いたのはハンスだった。「このデカを追っ払いますか、ボス？」

ポッツは丸々とした小さな頭を、落ち着かなげに振った。解釈する人間によって、どうとでも取れるしぐさだった。コリガンは、ノミ屋に新しい手下をけしかけるつもりがないのがわかっていた。だがブロンドの大男は、それを首肯と受け取ったようだ。コリガンは心の準備ができていなかった。彼はポッツが首を振ったのを違うふうに読んだのだ。身構える前にマッサージ師が飛びかかり、コリガンの手首をつかんでバレエのパートナーのように回転させ、腕を背中に回して動きを封じた。

チャック・ベアはとっさに前に出た。だが一瞬、強請り屋チャーリーのことを忘れていた。脳味噌は小さいが稲妻のような反射神経があり、彼らしく反応した。回し蹴りで、ベアの耳の後ろを腿でとらえた。

椅子に座っていた死人のような男が、ぱっと立ち上がった。太ったハーマンはマッサージ台の上で完全に起き上がり、叫んだ。「おい！　おい！　やめるんだ！」

だが、すでに遅かった。

コリガンがハンスのむき出しの足の甲を踏みつけると同時に、ベアが振り返り、巨大な相手を恨むように見た。驚きでチャーリーの動きが鈍くなる。なぜ赤毛が倒れないのか理解できないようだ。

チャーリーは左のパンチを繰り出そうとした。

ハンスが痛みで悲鳴をあげる間もなく、コリガンの踵が彼の膝頭をとらえ、脚をすくった。ハンスは痛めた膝の上に崩れ落ち、コリガンの腕をつかんでいた手が緩んだ。コリガンが相手に向き直ったとき、ベアは強請り屋チャーリーの左を防ぎ、軌道がかすむほどのフックで反撃した。ベアのこぶしの下で、ぐしゃっという音がした。コリガンがその見事さに感心している暇はなかった。このときには、彼はベアと強請り屋チャーリーに背を向けていた。ハンスが立ち上がろうとしていた。コリガンはサバテ（手、足、頭を使うフランス式ボクシング）の技を彼の顎にお見舞いし、立ち上がるのを助けてやった。彼のキックに、ハンスは爪先立ちになった。それから仰向けに引っくり返り、動かなくなった。

コリガンの目の端に、チップ・マークスが突進してくるのが映った。身を屈めて右のパンチをよけ、男の膝に体当たりする。マークスはいきなり脚を封じられ、上半身はそのままの勢いで前へのめった。彼はコリガンの体を乗り越え、両手両膝をついた。四つん這いになったまま呆然とする。

コリガンはそこへ襲いかかった。途中、横目でチャック・ベアが強請り屋チャーリーを片づけたのを見る。山のような男は、少ない脳味噌の震盪《しんとう》を起こしていた。急に目が見えなくなったかのように、両手を上げている。ベアは体重二百六十ポンドの用心棒のうなじと股をつかみ、逆さに持ち上げると、頭から壁にぶつけた。相手は胎児のような格好で床に倒れ、そのまま動かなくなった。

コリガンはにやりとし、チップ・マークスをおとなしくさせにかかった。ガンマンはシャークスキンのジャケット姿で這っていた。コリガンはその腹に蹴りを入れた。マークスは「ヒューーッ!」という声をあげ、壁に寄りかかると戻しはじめた。コリガンはマークスのショルダーホルスターから三八口径を抜いた。薬室を空にし、弾をポケットに入れ、銃をマークスの顔に向かって投げた。残念ながら、相手には当たらなかった。

コリガンは体を起こし、あたりを見回した。そう時間はかかっていない——ほんの数秒というところだ。強請り屋チャーリーはベッドルームの反対側の壁際に伸びていた。大の字になり、頭からは血を流している。若いブロンドの大男ハンスは、マッサージ台の向こうの床で安らかに眠っていた。アルフォンズ・ザ・チップ・マークスは、今も寄木張りの床の上に朝食の残りをぶちまけているところだった。

コリガンはうなずき、ベアと顔を見合わせてにやりと笑った。戦いは終わった。

それから、笑っていない目をハーマン・ポッツに向けた。

太りすぎのノミ屋は、台を降りていた。腰に巻いたタオルをつかんでいる。

彼はマシンガンのように話しはじめた。「お、おれは、けしかけたつもりはないんだ、警部。止めようとしたんだよ！」

コリガンはゆっくりと彼に近づいた。

「本当だ、警部！　ハンスに手出しさせるつもりなんてなかった。急におかしくなりやがったんだ。三人とも」

彼はトラック＝オッズから数インチ離れたところで足を止めた。「そうじゃないのはわかってるだろう、ハーマン？　わたしが覚えている限り、おまえたちは四人で襲いかかってきた。そして四人とも床にのされた。チャック、おまえの記憶ではそうじゃなかったか？」

「そうだとも」ベアは傷ついたような声でいった。「四人がかりで、平和的な警官ふたりに襲いかかった。ここにいたデブは病院送りになった」

ポッツの顎の肉が踊りだした。驚くほどの機敏さで後ろに下がる。「待ってくれ、警部、逮捕するというなら抵抗はしない！」

「誰がおまえを逮捕するといった、ハーマン？」コリガンは彼のあとをついていった。「わたしは自分の身を守っただけなのに、おまえたちは警察の凶暴さをいい立てるだろう。まあ、それも仕方がない」

ポッツは壁際まで来た。彼はその中に隠れようとしながら、同時にタオルで尊厳を守ろうとしていた。「抵抗しない相手を殴ることはできないはずだ」彼は歯の根が合わない様子でいった。

「おれは抵抗しない、警部！　ほら、進んで協力しようとしてるじゃないか」

「おや」コリガンは三インチの距離からいった。「協力してくれるらしいぞ、チャック」

「協力しているようには聞こえないがね、ティム」ベアがいった。

「フランクってやつのことだ！」ポッツが叫んだ。

「ほう？」コリガンはいった。「彼がどうしたんだ、ハーマン？」

ノミ屋は分厚い唇を湿らせた。「ノミ行為で逮捕したりはしないだろうな、警部？」

「彼がどうしたと訊いてるんだ！」

「わかった、わかった」ポッツは慌てていった。「フランクはおれに二千五百ドルの借りがある。だが、何の問題もないんだ。数日のうちに金を持って来ることになっていた。それは本当だ、警部！」

「どこから金を持って来るつもりだったんだ？」

ポッツの脂肪が波打った。「客がどこで金を工面するか、訊いたりはしないさ。だが、間違いない。いい逃れか本当かは、必ずわかる」

コリガンはベアをちらりと見た。彼はほんのかすかにうなずいた。チャックにも本当らしく聞こえたようだ。

ハーマン・ポッツに向かってコリガンはいった。「フランクは金の入手先について、何もほのめかさなかったか?」

「やつは今、取引をしているところで、遅くとも金曜には払うといっていた。おれだって知りたいさ。たぶん、不動産か何かでかき集めることができたのかもしれない」

コリガンは考えを巡らせたが、やがていった。「トニー・ターンボルトという名前に、心当たりはないか?」

ノミ屋はかぶりを振った。

「サリー・ピーターソンは? ワンダ・ヒッチーは?」

ポッツはまたしてもかぶりを振った。「誰なんだ?」

直感で、コリガンは答えることにした。「バウアー・ビルディングの同じ階で働いている人間だ」

「へえ?」ポッツはいった。彼は首を振った。「そいつらのことは知らないな。あの階で、フランクのほかに知っているのは、クラフトという男だけだ。ハウィー・クラフト」

コリガンはできるだけさりげなく訊いた。「ハワード・クラフト？　どこで知った？」

トラック＝オッズは憂鬱そうな顔をした。「賭けのことを話しても、罪には問われないだろうな？」

「そういっただろう。ブライアン・フランクの紹介か？」

「いいや。クラフトは別の客だ。だった、というべきか」

「常連か？」

「ええと……ああ、そういっていいだろう」

「やつは儲かっていたか？」

「儲かってなかったね。フランクよりもひどかった」

「どれくらいだ？　例えば、ここ一年で、どれくらい負けていた？」

「五千ドル以上だ」

「借金か？」

「いいや。クラフトは完全に現金主義者だった。毎週末に支払いをしていたよ」

ハワード・クラフトはどこからその金を手に入れたのだろう？　コリガンは考えた。そして、甥がそんな大金を馬に注ぎ込んでいると知ったら、エヴェレット・グリズウォルド老人はどう思うだろう？　ブライアン・フランクの恐喝癖を考えると、彼の〝取引〟とは、ギャンブルのことを黙っている代わりにクラフトから金を搾り取るものだったのだろうか？　代わりに銃弾を撃ち込まれる恐喝者は、彼に始まったことではない。

コリガンは首を振った。ハワード・クラフトには鉄壁のアリバイがある。だが、徹底的に裏を取らなくてはならない。「ブライアン・フランクはハワード・クラフトの負けを知っていたのか、ハーマン？」

「おれはいってない」ポッツは即座にいった。「密告は商売にしていない——いなかった——からな。秘密は守る。というか、昔はそうだった」

「だが、ブライアンはクラフトもおまえの客だということは知っていたんだな？」コリガンは食い下がった。

太った男は、手のひらを上に向けた。「クラフトが自分でいえばの話だ。おれはどっちにもいってない」

すると、動機はあるがアリバイもあるということか。

コリガンは肩をすくめた。「行こう、チャック」

バウアー・ビルディングの二十一階で、コリガンとベアは別れた。ベアは雇い主に報告するため、バーンズ会計事務所に向かった。コリガンはグリズウォルド宝石へ行った。ドアは開いていた。

エヴェレット・グリズウォルド老人はまだデスクの前にいた。コリガンはトップコートのボタンを外し、椅子に座った。年老いた宝石商は、苛立ったように彼を見た。

コリガンは嫌悪感を声に出さないようにしていった。「店は閉めたかと思っていましたが、ミスター・グリズウォルド」

「顧客は金庫のことを知らないからな」グリズウォルドはしわがれ声でいった。「誰かがここにいて、なぜ今日は商品を売れないか説明しなくてはなるまい」

コリガンは彼が年次監査報告書に目を通しているのに気づいた。「甥御さんのことですが」コリガンはいった。「彼はお金に余裕があるのですか?」

彼は老人の耳が確かにぴくりと立つのを見た。「なぜだね?」

「ここ一年、ハウィーは五千ドル以上の金を競馬に注ぎ込んでいます。その金がどこから出たのか知りたいんですよ」

老人は愕然としたようだった。「まさか! 何かの間違いだろう」

「馬の口から直接知ったんです(確かな筋から情報を得ること)。あるいは、それにきわめて近いところからね。ノミ屋に聞いたんですよ」

グリズウォルドの灰色の顔が青くなった。彼は読んでいた年次監査報告書を素早くめくった。コリガンはそれを見ていた。年老いた宝石商は報告書を最後まで見ると、ほっとして椅子の背にもたれた。

「横領の事実はない」彼はいった。「バーンズ会計事務所は優秀な会社だ。変わったことがあれば年次監査で必ずわかる。それに、帳簿をつけているのはハウィーではなくラヴァーンだった」

「では、彼はどこから金を得ていたと思いますか、ミスター・グリズウォルド？」

「ノミ屋が嘘をついたんだろう。ハウィーの給料は、手取りで週百ドルだ。蓄えもないはずだ。わしが倹約について口を酸っぱくしていっておれば――」

コリガンは立ち上がった。「ここには何時までいらっしゃいますか？」

「五時までだ。ハウィーとわしは九時に戻ってきて、金庫を開け、セットし直す。時限錠は九時十分に開く予定だ」

「ありがとうございます」コリガンはそういって、二二〇一号室へ向かった。チャック・ベアは所長室でカールトン・バーンズと話をしていた。

「ミスター・バーンズ、グリズウォルド宝石の帳簿はここにありますね？」

「まだブライアン・フランクのデスクの上にあると思うが」バーンズはいった。「なぜだね、警部？」

「それと、年次監査報告書の写しもあるはずですが？」

「もちろんだ。ファイルに綴じてある」

「ひとつ頼みを聞いてもらえませんか」

ベアは匂いを嗅ぎつけた猟犬のような顔になった。

バーンズ老人はほほえんだ。「違法なことでない限りはね、警部」

コリガンは笑みを返さなかった。肩越しにオフィスのドアが開いているのを見て、注意深く閉め、また戻った。彼はカールトン・バーンズのデスクに身を乗り出し、低い声でしばらく話をした。

話が終わると、バーンズは考え込むような顔をした。最後に、会計事務所の所長はうなずき、時計をちらりと見た。

「たっぷり四時間はかかるだろう、警部。夕食もとらなくてはならない。わたしは糖尿病でね、決まった時間に食事をしなくてはいけないんだ。八時頃、電話してくれるかね?」

「そうします」コリガンはいった。「ありがとうございます」それから、ベアにうなずきかけた。

24

彼らは女性ふたりを、チャック・ベアの行きつけのステーキハウスへ連れていった。コーヒーの途中で、コリガンは椅子を後ろに引いて「失礼」といい、レストランの電話ボックスに向かった。戻ってきたとき、彼は反芻するようにつぶやいていた。何ひとつ見逃さないベアはいった。「大丈夫か?」

「と、思う」コリガンはそういったが、不満そうだった。「ほとんど計算通りなんだが、筋が通らない」

「怖い顔をしているあなたは好きじゃないわ」シビルがいった。「それって、八時にならないとできないという電話のこと？」

「そうだ」コリガンが時計を見るのは、これで十回目だ。「もう五分過ぎている」

シビルは自分の腕時計を彼に見せた。「騙されたわね、警部。ぴったり正確な時計では、まだ八時五分前よ」

今度はコリガンが信じられないという表情になった。「わたしは時計マニアだ。こいつは二百ドルもしたんだぞ。きみが間違っているんだ、シビル」

「彼女は間違っていない」ベアがそういって、サリー・ピーターソンのほうを見た。「きみの時計は何時になってる？」

コリガンは三人の手首を見下ろした。いずれも七時五十五分を指していた。

「ビンゴ」

「何だって？」ベアがいった。

「そういうことだったんだ！」

「そういうことだったって？」

「最後のピースが必要だ」コリガンは早口でいった。椅子がきしむ音を立てて後ろに下がった。

「すまないが、今夜のお楽しみはこれで終わりだ。仕事に戻らなければ」

「解決したんだな」ベアはゆっくりといい、やはり立ち上がった。「おれも混ぜてくれ、ティム。

女の子たちは——」

「わたしはまだ、ティムの容疑者のひとりよ」シビルがいった。青い目が期待に輝いている。

「きみはとうの昔に容疑者から外れている、シビル」とうの昔……夜が訪れたときか？　何百年も昔に思える。時間はゴムのように伸び縮みするらしい。

「わたしはどうなの？」サリー・ピーターソンは、いつものからかうような口調でいった。

コリガンは彼女を見なかった。「ああ、きみも来てくれ、サリー」彼は打ち解けた口調でい、それから尋ねた。「バウアー・ビルディングは、今頃は施錠されているか？」

「施錠はされないわ。九時になると、ロビーのエレベーターのところに警備員が立って、出入りするのに名前を書かなくてはならないの」

「じゃあ、行こう」コリガンはいった。

四人が二十一階に着いたのは、九時十五分前だった。常夜灯のおかげで通路は見えたが、三つの会社は真っ暗で、コリガンがすぐに判断した通り、鍵がかかっていた。

「ここで何をするつもり？」シビルが訊いた。「誰もいないじゃない」

コリガンの表情が険しさを増した。「これから来るはずだ。サリー、アダムズの鍵は持っているか？」

ブロンドはうなずいた。「それと、トニーがゆうべの残りのハッピー・ジュースを、どこに隠しているかも知ってるわ」

「それはいい」チャック・ベアがいった。彼はコリガンをじっと見た。「クライマックスを待ちながらやる一杯ほど、こたえられないものはないからな。どれくらいかかりそうだ、ティム？」

「十分か十五分というところだ」コリガンはいった。

だが、サリーがアダムズ広告代理店のドアを開け、みんなを応接室に通す頃には、ベアでさえも氷の入っていない酒を飲みたい気分ではないことがわかった。彼らは腰を下ろし、常夜灯の薄明かりで煙草をふかした。サリー・ピーターソンと赤毛の探偵は、触れることなくソファで手足を伸ばしていた。シビルはエヴァ・ベンソンのデスクの椅子に腰かけた。コリガンは通路へのドアを数インチ開けておいた。その目は、エレベーターをじっと見ていた。

九時三分、エレベーターのドアが開いた。エヴェレット・グリズウォルド老人が飛び出し、あとから甥が出てきた。

コリガンがいった。「行くぞ」

年老いた宝石商が二一〇二号室の鍵を開けようとしたとき、四人は彼とハワード・クラフトの前に駆け出た。

「コリガン警部」クラフトがいった。彼は驚いた目でふたりの女性を見た。

コリガンはいった。「わたしたちは、金庫を開けるのを見届けにきました。というより、わたしが見にきたんです。ベアと女性ふたりは、たまたま一緒にいるだけで。構いませんか？」

グリズウォルド老人は鍵をポケットに入れ、コリガンを見た。「何なんだね、警部？　何かがなくなっているとでも?」

コリガンはほほえみ、首を横に振った。「昨日、鍵をかけたときに中にあったものは、今もそのままだと断言できます、ミスター・グリズウォルド。ただのお決まりの捜査ですよ。ご存じの通り、わたしたちはすべてを確認しなくてはならないのです」

老人は肩をすくめ、ドアを開けると、天井の明かりをつけた。

彼は先に立って専用オフィスへ向かった。明かりをつけ、洋服掛けにコートと帽子をかける。ハワード・クラフトもコートのボタンを外したが、着たままでいた。

エヴェレット・グリズウォルドは壁の時計を見た。九時六分だった。「あと四分だな、ハウィー?」

「いったでしょう、エヴェレットおじさん。ぼくは午後五時に、十六時間でセットしました。停電は十二時間十分続きました。つまり、九時十分に開くということです」

彼らは活人画のようにたたずんだ。四分の間、誰もその場所を動かなかった。沈黙が妙に深まった。グリズウォルド老人は、不安そうに顔から顔へ視線を移すようになった。ハウィー・クラフトは煙草を出し、それを見たが、そのまま忘れてしまったようだ。煙草は火をつけられないまま、指に挟まっていた。

九時十分きっかりに、年老いた宝石商が金庫の扉を開けようとした。彼は何度も引っぱったが、扉は開かなかった。たっぷり一分待って、もう一度試した。やはり開かなかった。

彼は甥にしかめ面を向けた。「セットした時間は間違いないんだろうな、ハウィー?」

「どういうことなのか」クラフトは神経質そうにいった。「急に停電になったせいで、どこか狂ってしまったんでしょう」

コリガンは愛想のいい口調でいった。「あと数分で開きますよ。わたしの予想では、二十分頃に」

さっきまでが深い沈黙だったとすれば、今やそれは確固たるものになっていた。グリズウォルド老人の灰色の鼻腔が、風向きを試すようにひくひくした。充血し、うるんだ目には、パニックに似た表情が浮かんでいる。ハワード・クラフトは微動だにせず、さながら紳士服店のマネキンのようだった。痩せた顔は、おじ同様の灰色になっていた。まるで、どこかから一撃が来るのを待ちながらも、どこから来るかわからずにいるかのようだ。几帳面そうな小さな目は、金庫をじっと見ていた。

九時十五分、老人は扉を試した。やはり鍵がかかっていた。

九時十六分、もう一度試した。鍵がかかっていた。

九時十七分。十八分。十九分。二十分……。

扉は開いた。

「そのまま、ミスター・グリズウォルド」コリガンはそういって金庫に近づいた。ベアがすぐ後ろについてくる。ふたりは巨大な扉の内側の、三つのダイヤルを見た。ひとつは時間単位、もうひとつは一から六十の分単位で解除時間を設定するダイヤル、残りのひとつは時計の文字盤だった。

金庫の時計は、壁掛け時計と同じ九時二十分ではなく、九時十分を指していた。

「あの停電は不運だったな、クラフト」コリガンはそういって、振り返った。クラフトは麻痺したように動かなかった。「きみはいつも、一番最初に会社に出る。停電がなければ、今朝、おじさんが来る前に金庫の時計を直すことができ、誰も違いに気づかなかっただろう。証拠は消し去れたはずだ」

「証拠」ハワード・クラフトはこわばった唇でいった。「いったい――なんのことだか――さっぱり」

「きみが泣きつくのは、わたしでなく地区検事長か弁護士だ」彼はさりげない動きで、クラフトとドアの間に立ちはだかった。クラフトはその場で、何とか唇を湿そうとしていた。「チャック、ラヴァーン・トーマスがあの細密画の腕時計を見て、停電がどれくらい続いているか話したのを覚えているか？」

「特定のことに関しちゃ、おれは完璧に記憶できるんだ」ベアは真面目くさった顔でいった。きちんとプレスしたスーツを着たさまは、ほかのときなら滑稽に見えただろう。「ラヴァーンの言葉を一言一句覚えている。〝七時三十五分。つまり、停電してからもう二時間二十七分過ぎているわ〟といったんだ。今のは冗談で、おれの記憶力はひどいもんだ。それでもラヴァーンのいったことを覚えていたのは、あのとき彼女が数字に弱いんだなと思ったからだ。簿記係だってのにな。彼女は十分間違えていた。そうか――」

「――彼女の計算は合っていた。与えられたデータが間違っていたんだ」コリガンはうなずいた。

「つまり彼女は、停電は五時十八分でなく五時八分に始まったと思っていたんだ」

彼はふたたびクラフトを見た。「ラヴァーン・トーマスがゆうべわたしに電話をして、ブライアン・フランクを殺した人間を知っているといったとき、彼女が思い出したのはこのことだったんだ、クラフト。きみのおじさんのオフィスとショールームの時計は、停電があったときには五時八分だったのに、いつの間にか——両方の時計が——十分進んでいたという事実だ。それで彼女には全体像がわかった。そして今、わたしたちにもわかった。もちろん、金庫の時計を直すことはできない。開けられないからだ」

エヴェレット・グリズウォルドは、水から出た鯉のように口をぱくぱくさせていた。「いったいどういうことだ、コリガン警部？」彼は唾を飲み込んだ。「さっぱりわからん！　ハワードのことをいっているのか——」

「ハワードのことです」コリガンはうなずいた。「ミスター・グリズウォルド、もう少し、悪い知らせに備えてもらわなくてはなりません。いろいろと検討した上での意見ですが、棚卸をやり直してみれば、一万ドル相当の宝石がなくなっていることがわかるでしょう」

呆然としていた老人は息をのんだ。灰色の顔が青くなっていた。年老いた潤んだ目が、甥のほうに向けられる。ハウィー・クラフトはその場で小さくなっていくように見えた。体が縮む飲み物を飲んだ『不思議の国のアリス』のように。

「つまりそれが、甥御さんのハワードが馬で損した金の出所で間違いないということです、ミスター・グリズウォルド。一万ドル相当の宝石といったのは、故買屋は半値以上ではまず引き取らないからです」

「だが、そんなはずはない」老人は耳ざわりなささやき声でいった。「年次監査もあるし……帳簿をつけていたのはラヴァーンだ……」

「ミス・トーマスは棚卸をしていませんでした」コリガンはいった。「やっていたのはミスター・ハワード・クラフトです。ですから、ミス・トーマスが帳簿に記載した棚卸の額は、単にハウィーが告げた、彼にとって都合のいい数字にすぎなかった。しかし、バーンズ会計事務所は年次監査の時期に独自に棚卸をします。それでブライアン・フランクは横領に気づいたのでしょう。フランクが恐喝の常習者だったことはわかっています。損失を明るみに出す代わりに、彼はあなたの甥を人目につかないところに連れてゆき、ハウィーがもっと多くの宝石を盗み出して、彼自身の借金二千五百ドルを払うなら、黙っていてやるといったのでしょう」

ハワード・クラフトは、この警察官に心を読まれているかのようにコリガンを見た。

「ミスター・グリズウォルド、おたくの帳簿は今もバーンズ会計事務所にあります。今夜、ミスター・バーンズにもう一度確認してもらいました。ブライアン・フランクのデスクの上から、フランクが行った本当の棚卸の記録が見つかり、それはラヴァーン・トーマスの帳簿とも、フランクが作成した年次監査報告書とも違っていたそうです」

サリー・ピーターソンが不意にいった。「アリバイはどうなるの、警部？」

「それは説明したと思っていたが」

サリーはいった。「わたしは納得していないわ。ちゃんとついていけないの。きっと頭が悪いのね」

「それをいったら、わたしもよ」シビルが白状した。「はっきり説明してほしいと、恥ずかしくていえなかったの」

「わかった」コリガンはほほえんだ。「説明しよう。クラフトはブライアン・フランクと別れてここへ戻り、ふたつの壁掛け時計と金庫の時計を十分遅らせた。続いて、おじのデスクからP38を出し、その部屋の窓から外に出て、張り出しを伝ってフランクのオフィスまで行った」彼はクラフトを見た。「きみが来た物音にフランクが気づかないはずはない。おそらく窓を開けたときに、彼に銃を突きつけ、動くなといったのだろう」

年老いた宝石商の甥は、おじと同じく口もきけない様子だった。

「きみは彼を撃ち、すぐに張り出しに沿って戻った。その頃には、五時七分くらいになっていたに違いないが、きみが細工した時計ではまだ四時五十七分だった。きみはショールームを突っ切り、ラヴァーンのオフィスに顔を出して、金庫をセットする時間だといった。オフィスには時計はなく、彼女の腕時計は目を凝らさなければわからないくらい小さかった。だから彼女は、単純に掛け時計の時間を正しいと思ったのだろう。ふたつの壁掛け時計と金庫の時計が狂っていると思うだろうか？　したがって、きみにはアリバイができ、ラヴァーンは停電の中、真夜中までそれを見抜けなかったんだ」

シビルがぞっとしたような声でいった。「ラヴァーンも彼が殺したのね！」

「そうだ」コリガンはいった。「彼はこのおじさんのオフィスで寝ていた。そして、デスクの内線電話で彼女の電話の内容を聞き、自分が名指しされようとしているのに気づくと、彼女のオフィスに駆け込んで永遠に口を封じたんだ。それから、わたしが踏み込む前にここへ戻り、寝たふりをした」

しばし夢の国にいたグリズウォルド老人は、はっと目覚めたようだった。コリガンとベアが止める間もなく、彼は甥の前で怒りをあらわにし、石と化した店員のしみひとつない襟をつかんで、子供のように揺さぶった。

「馬鹿者！　ぼんくら！」年老いた宝石商は金切り声をあげた。「自分のものを盗むとは何事だ？　わしがほかの誰に残すと思っていた？　こうなったら、すべてを寄付するほかない！」

チャック・ベアがふたりの間に割って入り、土気色をした老人の肘をつかんでそっと引き離した。

「このことをもう一度考えるんだな、ハウィー」ベアはいった。「ふたつの殺しのつけを払う間に。おれとしては、このけちん坊の金は、もっといいことに使えたんじゃないかと思う——それが何なのかは知らないがね。行こうか、コリガン警部？」

「ミスター・クラフトを連れていかなくては」コリガン警部がいった。「すまないが、ふたりはチャックに送ってもらう。明日の夜には、また停電があるかもしれない。今夜は、ミスター・クラフトとわたしは手が離せないんだ」

解説——クイーン、デミング、そしてクローズドサークル

飯城勇三

ポピュラー・ライブラリー

〈エラリー・クイーン外典コレクション〉第一巻『チェスプレイヤーの密室』の解説に書いたように、クイーン名義のペーパーバック・オリジナルの企画は、クイーンのエージェントが発案し、ポケットブック社に持ち込んだもの。代作者の作品を、マンフレッド・リーがプロットの段階からチェックして、クイーン名義で出すという方式である。一九六一年に始まったこの企画は、どうやら成功だったらしく、一九六六年までに十五作も出ている。ただし、この十五作めで刊行は打ち止め。そして、同じ年から、ペーパーバック出版におけるライバル社であるポピュラー・ライブラリー社とデル社が、この企画を引き継ぐことになった。

出版社が変わった理由は不明だが、代作者の顔ぶれが変わっていないことから考えると、エージェント側ではなく、ポケットブック社側の都合だった可能性が高い。おそらく、売れ行きが落ちてきたか、名義貸し作品をあまり増やすのはまずいと考えたのだろう。そして、クイーンのエージェントが、企画を（代作者ごと）他社に売り込んだと思われる。

ではここで、企画を受け継いだ二社の作品リストを挙げておこう。第一巻の解説同様、今回も、F・M・ネヴィンズの『推理の芸術（The Art of Detection）』を参考にさせてもらった。

デル社

①LOSERS,WEEPERS(1966)　リチャード・デミング代作
②SHOOT THE SCENE(1966)　リチャード・デミング代作
③KISS AND KILL(1969)　チャールズ・ラニヨン代作

ポピュラー・ライブラリー社

①WHERE IS BIANCA?(1966)　タルメッジ・パウエル代作
②WHO SPIES, WHO KILLS?(1966)　タルメッジ・パウエル代作
③WHY SO DEAD?(1966)　リチャード・デミング代作
④HOW GOES THE MURDER?(1967)　リチャード・デミング代作

⑤ WHICH WAY TO DIE?(1967)　リチャード・デミング代作
⑥ WHAT'S IN THE DARK?(1968)　リチャード・デミング代作
『摩天楼のクローズドサークル』(本書)

デル社の方は、ポケットブック社のシリーズをそのまま引き継いだような内容なので、同社のために進めていたプロットを流用した可能性が高い。

だが、ポピュラー・ライブラリー社の方は、題名が５Ｗ１Ｈ(とは少し違うが)で統一されていることからわかるように、まったく新しいシリーズとして始まっている。そして、この六作すべてで探偵役をつとめるのが、ニューヨーク市警のティム・コリガン警部であり、この六作すべてで助手役——というよりは、〝相棒《バディ》〟——をつとめるのが、私立探偵のチャック・ベアなのだ。

ティム・コリガン

本作はティム・コリガンものとしては最終作だが、邦訳としてはシリーズ初紹介になる。そこで、コリガンとベアのプロフィールを紹介しよう。エラリー・クイーン・ファンクラブ会員の田中正之氏に作成してもらったもので、カッコ内の数字は、前記の作品番号。

◆ティム・コリガン（Tim Corrigan）

ニューヨーク市警の警部。立場は遊軍的で、比較的自由に動いている。

〔外見〕角ばったハンサムな顔立ちで、「ディック・トレイシーのような顔」（⑤）。柔和な印象を与えるが、仕事の時は、厳しく近寄りがたい雰囲気に変わる。身長五フィート十インチ、体重百七十ポンドで、引き締まった筋肉質の身体を、彼の数少ない贅沢の一つである（⑤）おしゃれなスーツで包んでいる。その身体つきと雰囲気は、〝グレイハウンドのよう〟とも形容される。

〔経歴〕朝鮮戦争に従軍するまでは、ニューヨーク市警の警官。朝鮮で出会ったチャック・ベアと組み、特殊任務で多くの実績を上げ、最強のチームと評された。また、ベアとは何度となく、お互いの命を助けあう経験をした。コリガンが砲弾の破片で左目を失った時も、彼を救出したのはベアだった。

朝鮮での任務終了後、ニューヨーク市警に復帰。片目を失っているため、規則では復職は不可能だったが、従軍前に警察で残していたすばらしい実績を上層部が評価して復帰がかない、ニューヨーク市警唯一の、眼帯をつけた警官となった。

〔私生活〕結婚はしておらず、ブルックフィールドの独身者用アパートに住む。部屋には飾り気のない実用的な家具をそろえている。模造の暖炉の上に、趣味である銃のコレクションを飾っている他、ポータブル・テレビ、ステレオ、短波ラジオを作り付けのバーに並べて配置している。また、朝鮮戦争の記念品を並べた手作りの棚があり、彼の左目をえぐった砲弾の破片も、その中に置かれている。レコードのコレクションにはモーツァルトが含まれていて、これを聴くのは自分の秘密の悪徳だと言っている（②）。

女性に対しては積極的で、事件関係者に好みの女性がいると、すぐに誘いをかけるが、深い関係にならないように慎重にふるまっている。ちなみに、事件のたびに、新たな女性と出会って付き合うことをくり返しており、決まった女性はいないと思われる。

◆チャック・ベア（Chuck Baer）

ニューヨークのタイムズ・スクエアの近くに事務所を構える私立探偵。

〔外見〕身長はコリガンと同じくらいだが、体重は三十ポンドほど多い。体格は、岩のようにゴツゴツした肉塊を集めたように見える。大きくて潰れた鼻と分厚い唇からなる顔立ちは、醜いけれども女性を魅了する。また、コリガンがグレイハウンドに例えられるのに対して、ベアは、大きな体型と素早い動きから、名前の発音の通り、熊に例えられることが多い。

〔経歴〕朝鮮戦争での任務を終えた後、親友となったコリガンの後を追って、ニューヨークにやって来た。私立探偵という自由な立場を利用して、コリガンと役割分担して事件に当たることが多い。コリガンとの親しさから、特例的に、センター街のニューヨーク市警や、事件現場への自由な出入りが許されている。

〔私生活〕細巻の葉巻を愛用。車はコンバーティブル。独身で女性関係は華々しい。ある事件の捜査では、コリガンが事件関係者である欲求不満の女性を訪ねた際、直前にベアも事情を聴きに来ていたことを知り、その辺にベアのパンツが落ちていてもおかしくないと考えたほどである。

コリガンとベアは、事件以外の場でも頻繁に行動を共にしており、軽口を叩き合う日常場面が、しばしば描かれる。彼らはお互いを、今まで出会った中で、闘うには最もタフな相手として認め合っている。彼らを知るセンター街の人たちの間でも、この二人が闘ったらどちらが勝つかということが、しばしば話題になっている。また、本作にも登場する〈マキシーズ〉は、二人が食事をする時に愛用する店の一つ。

探偵役に関しては、なかなか巧い設定と言えるだろう。まず、警察官と私立探偵のコンビという設定。私立探偵を探偵役にすると警察の捜査情報が得られず、警察官を探偵役にすると乱暴な捜査ができないという問題が、きれいに解消できるからだ。しかも、主導権は警察官の側が持っているため、警察内部で問題になることもない。また、このコンビの結びつきを、「利害関係」でも「馬が合う」でもなく、「共に死線をくぐり抜けてきた」という強い絆にしたのも、巧妙な設定と言える。

さらに、コリガンの眼帯も同様。本書を読んだ人なら、「コリガンの顔を知らない警官も、眼帯を見れば誰だかわかる」、「容疑者の眼帯に対する反応によって、性格を浮かび上がらせる」といった巧みな使い方がされていることがわかると思う。

なお、コリガンのイメージについては、掲載した原書の表紙に描かれているものが小さくてわかりにくいので、もっと大きなイラストを載せよう。「MAN'S MAGAZINE」という男性誌（と言っても、お色気ではなくアクションが売り）の一九六六年十一月号に、「WHY SO DEAD?」の短縮版が、「THE KILLER WHO MADE 22 WIDOWS」と改題されて載った時の挿絵から。

この基本設定を誰が考え出したかについては、明らかになっていない。F・M・ネヴィンズは「リーの考えだったのかもしれない」と述べているが、私は、本作の代作者であるデミングの可能性が高いと思う。一つめの理由は、彼が生み出した最初のシリーズ探偵マンヴィル・ムーンが、「戦争で右足を失った」義足の探偵であること。二つめの理由は、デミングが代作した一九六二年の『DEATH SPINS THE PLATTER』に隻眼の警官が登場していること（前出の田中正之氏の指摘）。三つめの理由は、デミングは私立探偵マイク・シェーンものの代作もしているのだが、この作者ブレッド・ハリディ（今では「ヘレン・マクロイの旦那」と言った方が通りがいいかも）は、片目に眼帯をつけているのだ。コリガンものを立ち上げた一九六六年は、デミングはデル社の二冊に手を取られていたため、設定しか提供できなかったのではないだろうか？

リチャード・デミング

本作の代作者リチャード・デミング（一九一五〜一九八三）は、小鷹信光氏によると、長篇は七十以上、短篇は百八十以上も書いている。ただし、日本で出ているのは、マックス・フランクリン名義の映画やテレビのノヴェライゼーション――『ヘネシー怒りの日』や『チャーリーズ・エンジェル』や『刑事スタスキー&ハッチ』――ばかりである。唯一、雑誌「マンハント」の連載を日本で独自にまとめた短篇集『クランシー・ロス無頼控』（早川ポケットミステリ）が、デミングのミステリを味わうことができる本だと言えるだろう。もっとも、本国で「マンハント」や「ヒッチコック・マガジン」や「エラリー・クイーンズ・ミステリマガジン」に載った短篇は、雑誌に訳されたり、アンソロジーに収録されているので、まったく読めないわけではないのだが……。

というわけで、デミングについては、小鷹信光氏にいろいろ教えていただいた。以下に、Q&A形式で載せよう。

【Q】デミングが代作を引き受けた理由は何だと思いますか？

【A】デミングは「プロ中のプロ」と呼べる職業作家です。謎解きミステリにもかなり惹かれていたので、御大クイーンの代作の話には喜んで応じたと思います。

【Q】本作はきちんとした本格ミステリになっていますが、これは、デミングがクイーンを意識したからだと思いますか?

【A】いくつかの短篇には叙述トリックをうまく使ったもの(ミステリマガジン二〇一三年五月号の「分のいい取り引き」もその一つ)があり、クランシー・ロスものの未訳中篇「Optical Illusion」はアリバイくずしの謎解きミステリ仕立てです。クイーンを意識したというより、ハードボイルド調の語り口に謎解きをうまくミックスさせようと試みたのでしょう。ハードカバーで出た初期四作は、戦争帰りの隻脚私立探偵マンヴィル・ムーンの一人称記述ですが、全作、結びは関係者全員を一堂に集めた謎解きシーンです。また、単発の「HIT AND RUN」(1960)は、元警官の大男の私立探偵が完全犯罪を企てて失敗する話です。

【Q】デミング作品として見た場合の、本書の評価を教えてください。

【A】たぶん、中の上ぐらいでしょう。

右の回答で、「結びは関係者全員を一堂に集めた謎解きシーン」と書かれているマンヴィル・ムーンものの長篇はすべて未訳。ただし、小鷹氏によると、第四作「JUVENILE DELINQUENT」の短縮版ならば、日本版「マンハント」の一九五九年九月号に訳載されているとのこと。そこで、さっそく読んでみると、「関係者を集めて」ではなかったものの、解決は、きちんとした本格ミステリだった。特に、ムーンが決定的な手がかりを得るシーンは、「簡単な話だった。まる一週間も脚をすりへらし、声がかれるほどしゃべったり、ナイフや拳銃の下をくぐるような目にあっても、何も分からなかったのに、いまエド・ブライトンがなにげなくいった一言で、おれにはバート・メイヤーズを殺した犯人がわかってしまった」(訳者不明)と描かれ、本作を彷彿させる。おそらくデミングは、クイーンの名前を利用して、自分が書きたかった(が、どこからも依頼がなかった)本格ミステリに挑んだのだろう。

なお、ネヴィンズによると、デミング自身は、この代作について、次のように語っているらしい。

ぼくはそれほどEQ名義の本を誇りとしていない。(中略)マニー・リーはこれらに関するぼくのいかなる副次的権益も完全に拒絶したので、どの本もすべて均一の報酬で書かされたよ。(中略)これらの本は完全にぼくのオリジナルだったが、リーは何箇所か書き直した。……ぼくはリーの文体にそんなに感銘を受けなかったな。

この文は、デミングの本が、他の作家ほど、マンフレッド・リーの手が入っていないことを示しているように見える。おそらく、代作者の中では、デミングが一番、リーと相性が良かったのだろう。ペーパーバック・オリジナル二十九作の内、デミングが十作も任されたのは、これが理由だったと思われる。

『摩天楼のクローズドサークル』

そのリチャード・デミングが、以前から書きたかった（?）クイーン風の本格ミステリに挑んだのが、本作『摩天楼のクローズドサークル』となる。

まず、この本に対するF・M・ネヴィンズの評を見てみよう。

> デミングはこの（大停電という）すばらしい設定を徹底的に活《い》かし、読者に対する完全なフェアプレイを達成した意外な解決で、シリーズの最後を締めくくった。このため、これがダネイとリーの作品だと信じかけた人もいたに違いない。

〝クイーンの作品だと信じかける〟というのは、かなりの誉め言葉だろう。実を言うと、イギリスの有名なミステリ作家も、クイーンの作品だと信じたらしいのだ。その作家とは――アントニイ・バークリー。二〇一四年に翻訳が出た『アントニイ・バークリー書評集Vol.1』に、彼が本作を取り上げた書評が収められているのだ。編訳者の三門優祐氏に許可をいただくことができたので、以下に再録しよう。氏には感謝する。

この作品には、エラリイも彼の父親も登場しないが、コリガン警部のもと行われる捜査は普段通り秀逸なものである。ただし、プロットは使い古されたお決まりのもので、私見では、練達の作家ならば使用を恥じ入ってしかるべき代物である。

この『書評集』では、取り上げられたクイーン作品（『クイーン警視自身の事件』から『孤独の島』まで）は、ほとんどがけなされているので、後半の批判は、本作に限ったことではない。ここで注目したいのは、「捜査は普段通り秀逸なもの」というくだり。バークリーは、この作をクイーンの他の作と同じだと感じたのだ。

ご存じのように、バークリーはイギリス作家なので、当然ながら、読んだのはイギリス版である（『WHEN FELL THE NIGHT』と改題されて一九七〇年に刊行）。実は、クイーン作品のイギリス版は、アンソロジーも含めて、すべてゴランツ社が出していたのだが、ペーパーバック・オリジナルだけは（『恐怖の研究』以外は）ずっと未刊行だった。つまり、初めてゴランツ社が出したのが、本作なのだ（その後、E・D・ホック代作の『青の殺人』も出している）。ゴランツ社もまた、この長篇をクイーンらしい、出す価値のある作品だと認めたのだろう。

その本作の魅力は、何と言っても、〈ニューヨーク大停電〉（または〈北アメリカ大停電〉という、一九六五年十一月に実際に起こった出来事を背景にしている点だろう。この事故を題材にした映画や小説は珍しくないが、本格ミステリというと、ちょっと思い出せない。しかも、これだけプロットに巧く絡ませているのは、珍しいどころではないのではないだろうか（なお、どうでもいい話だが、「大停電の後、ニューヨークでの出生率が大幅に上がった」という都市伝説がある。本書では、事件関係者が暗闇の中でやたらベタベタしているが、作者はこの話を信じていたのかもしれない）。

しかも、作者はこの大停電を利用することによって、ニューヨークのど真ん中に、擬似的な〈クローズドサークル〉を作り出したのだ。孤島や、嵐や雪で交通手段が途絶するような地方でなければ成立しない〈クローズドサークル〉もの。それを、高層ビルが林立する大都市で描いたわけだから、いくら誉めてもいいだろう。ちなみに、本書の題名は、この点をアピールするために、私が決めたものである。

ただし、これはあくまでも、〝擬似的〟なクローズドサークルに過ぎない。コリガンたちは警察の支援を受け

られないのだが、これは、警察が、物理的に犯行現場に行くことができないからではない。停電のため、人員を割けないからなのだ。また、事件関係者たちが現場を立ち去らないのも、物理的に立ち去れないからではない。停電の最中に外を歩き回るより、ビル内に残っていた方が安全だと思ったからだ（実際、ベアは引き揚げている）。

一方、本格ミステリとして見た場合、最も評価すべきは、大停電を生かしたプロット、それに、ネヴィンズも指摘している〝フェアプレイ〟だろう。以下ではこの二点について語るが、真相を明かしているので、本編を先に読んでほしい。

『摩天楼のクローズドサークル』――裏

※以下は本編読了後に読んでください。

まず、〝フェアプレイ〟については、読み終えた人なら、誰でも同意してくれるに違いない。ラヴァーンの時刻に関する証言から犯人を見抜いた人はけっこう多いと思うし、見抜けなかった人も、アンフェアだとは言わないだろう。加えて、彼女が読書用眼鏡を使っていることや、金庫の開閉の仕組み、それに棚卸しと年次監査のデータも、きちんと提示されている。まさに、本格ミステリのお手本と言えるだろう。また、本シリーズは、探偵役のコリガン視点の三人称で描かれているのだが、これは探偵エラリーものと同じ叙述形式である。そして、エラリーもの同様、新たなデータが手に入るたびに、コリガンが頭の中でそのデータを吟味する様子が描かれるのだ。これもまた、クイーン風のフェアプレイだと言える。

次は、プロットについて。本作の犯人が仕掛けたのは、時計に細工するアリバイ・トリックである。ミステリ小説では、発表当時でさえもありふれたトリックで、バークリーが「プロットは使い古されたお決まりのもの」と批判したのも、この点だろう。

しかし、クイーン・ファンならば、その評価にうなずくとは限らない。なぜならば、クイーン・ファンは、「作中の犯人は、作品の外にいる〝読者〟ではなく作中の〝警察〟を欺くためにトリックを弄する」と考えるからだ。クイーン以外の作者の場合は、作中の犯人が、読者を欺くためだけにトリックを弄しているように見えることがある。例えば、犯人が無実のふりをして手記を書けば、読者は騙されるだろう。しかし、作中の警察は騙されたりはしない。むしろ、手記の内容をチェックして、偽装を見つけてしまうかもしれないではないか。つまり犯人は、「使い古されていないプロットを描きたい」作者の都合のためだけに、デメリットしかない行為をしていることになる。一方、クイーンの『フランス白粉の謎』では、ショーウィンドウの壁収納ベッドから死体が転がり出る。これはもちろん、冒頭に衝撃的な場面を置きたいという作者の都合に他ならない。だが、作中レベルでも、犯人には〝そうせざるを得なかった〟理由があり、作中探偵のエラリーは、その理由を推理することによって、犯人の属性を突きとめるのだ。

あらためて作中レベルで考えると、本作のアリバイ・トリックは、なかなか良くできている。まず、唯一の証人ラヴァーンが、色恋沙汰とは縁のない会社一筋のオールドミスなので、犯人ハワードをかばって偽証したと思われる心配はない。しかもハワードは、犯行のあと、ラヴァーンとしばらく雑談をして、時間のずれを感じさせないようにしているのだ。そして、一番重要な点は、このトリックは〝万が一の保険〟に過ぎない、ということである。仮に、当初の計画通り、自殺に見せかけることに成功したとしよう。その場合、そもそも警察は、関係者のアリバイを調べたりはしないはずである。しかも、自殺の偽装が見破られたとしても、動機は恋愛がらみだと思われるに違いない。警察がハワードのアリバイを崩そうとする可能性は、かなり低いのだ。

逆に、この観点から見ると、アリバイ・トリック以外の点が批判の対象になる。それは、自殺に見せかけたい犯人が、拳銃に安全装置をかけるという、間抜けなことをやってしまったという点。もちろん、自殺と見なされては話が終わってしまうという〝作者の都合〟はわかる。だが、クイーンならば、些細な手がかりに基づいて自殺説を否定する推理を描いただろう。まあ、作者は、「ハワードは常日頃から四角四面なエヴェレット老人に後始末をきちんとするように言われていたので、無意識のうちに安全装置をかけてしまった」と言いたいのかもしれないが……。

しかし、この犯行計画も、大停電によって狂ってしまった。アリバイ工作の直後に停電になったため、ラヴァーンの脳裏に時刻が刻まれてしまったのだ。このため——読み返してみればわかると思うが——ハワードはずっと彼女にはりついて、監視せざるを得なくなった。それでも、ラヴァーンが時刻のことをコリガンたちに話してしまったので、「ハワード・クラフトは動揺したようだった」（7章）わけである。だが、彼は幸運だった。ラヴァーンはその後、コリガンに、「誰か別の人が、最近うちの会社に来た」のが「引っかかっているの」と話すのだ（14章）。これは間違いなく、被害者のブライアンがハワードを強請りに来た時のことだろう。彼女は、年次監査を頼んだ相手が、終わってもいないのに訪ねて来たから、気になったのだ。しかも、この後にラヴァーンが殺されたため、コリガンは、彼女はこの件を思い出したから殺されたと思い込んでしまうことになる。さらに、追い打ちをかけるように、ハワードも、ラヴァーンが目撃した人物は、拳銃を手に入れるために訪ねて来たと、巧みにコリガンをミスリードするのだ（18章）。まったくもってこの犯人は、予期せぬ事態に、実に上手く対応しているではないか。加えて、「ハワードが自分のアリバイの唯一の証人を殺すはずがない」という思い込みも、彼の疑いをそらすのに一役買っているのだ。

一方、作品の外から見るならば、確かに、時計を狂わせてアリバイを作るというアイデアは、「使い古された」と言える。だが作者は、そのアリバイ・トリックの直後に停電を起こし、しかも、時限式の金庫という小道具を用いることにより、魅力的な謎と解決を生み出しているのだ。ミステリ・マニアなら、この部分を評価しなければならないだろう。また、「犯人が犯行時に起こったアクシデントにとっさに対応したために手がかりを残してしまう」というのは、クイーンも得意とするプロットである。だが、クイーンが「靴の紐が切れる」といった些細なアクシデントを使うのに対して、本作では、ニューヨーク全体を闇に包んでしまうのだ。この部分もまた、ミステリ・マニアは評価すべきだろう。

〈エラリー・クイーン外典コレクション〉第一弾は、密室の謎を正攻法で描いた『チェスプレイヤーの密室』だった。そして、今回の第二弾は、〈ニューヨーク大停電〉によって生じた擬似的クローズドサークルの中で自身の犯行を糊塗しようとする犯人の姿を描いた『摩天楼のクローズドサークル』。次の第三弾は、四組の夫婦の入り組んだ人間関係が生み出す殺人とアリバイを描いた『熱く冷たいアリバイ（仮題）』となる。では、三度《みたび》、みなさんとお会いするのを楽しみにしている。

【著者】エラリー・クイーン　*Ellery Queen*
フレデリック・ダネイとマンフレッド・リーの合作ペンネーム。ミステリ界を代表する作家。英米のみならず日本のミステリ作家にも多大な影響を与えている。主な作品に『ローマ帽子の謎』『ギリシャ棺の謎』『災厄の町』『Yの悲劇』（バーナビー・ロス名義）など多数。

【訳者】白須清美　しらす・きよみ
英米翻訳家。主な訳書にアイルズ『被告の女性に関しては』、イネス『霧と雪』、ブレイク『ワンダーランドの悪意』、クェンティン『俳優パズル』『犬はまだ吠えている』など多数。

エラリー・クイーン外典《がいてん》コレクション②
摩天楼《まてんろう》のクローズドサークル

❖

2015年11月27日　第1刷

著者…………エラリー・クイーン
訳者…………白須清美《しらすきよみ》

装幀…………藤田美咲
発行者…………成瀬雅人
発行所…………株式会社原書房
〒160-0022 東京都新宿区新宿1-25-13
電話・代表 03（3354）0685
http://www.harashobo.co.jp
振替・00150-6-151594

印刷…………新灯印刷株式会社
製本…………東京美術紙工協業組合

ISBN978-4-562-05262-2, Printed in Japan